LA VÉNUS D'ILLE

suivi de

LA PARTIE DE TRICTRAC

D0802216

PROSPER MÉRIMÉE

La Vénus d'Ille

suivi de

La Partie de trictrac

PRÉSENTATION ET NOTES DE MICHEL SIMONIN

LE LIVRE DE POCHE
Libretti

ISBN : 978-2-253-13647-7 – 1re publication LGF

APERÇU CHRONOLOGIQUE

1803. — Naissance de Prosper Mérimée, fils d'un professeur de dessin.

1812-1819. — Études au lycée Henri-IV.

1820-1823. — Premiers essais littéraires.

1824-1830. — Fréquente les milieux littéraires et mondains, voyage et se lie en Espagne avec la famille de la future impératrice Eugénie.

1825. — *Théâtre de Clara Gazul*.

1829. — *Chronique du règne de Charles IX*.

1830. — Publication dans la *Revue de Paris* de *La Partie de trictrac*.

1834. — Inspecteur général des monuments historiques.

1837. — Publication dans la *Revue des Deux Mondes* de *La Vénus d'Ille*.

1841-1851. — S'occupe essentiellement de l'inventaire archéologique dont il a la charge, non sans cependant traduire Pouchkine ou rédiger un chef-d'œuvre comme *Carmen* (1845).

1870. — Mort de Mérimée.

A LEVEILLE

1803 - 1870

Portrait de Prosper Mérimée par A. Léveillé.
Photo Roger-Viollet

PRÉSENTATION
DE *LA VÉNUS D'ILLE*

Alors qu'il s'approche du bourg d'Ille, après une excursion dans les Pyrénées, sur le mont Canigou, le narrateur apprend de son guide la découverte d'une statue antique, aussi mystérieuse que belle. Il est reçu chez l'homme même qui la conserve dans son jardin, M. de Peyrehorade, notable féru d'érudition dans lequel on verra le pendant borné et provincial de Mérimée, féru d'archéologie et infatigable curieux. Or, cette arrivée coïncide avec le mariage du fils de la maison, Alphonse, sportif aux sentiments grossiers. Au terme du récit, Peyrehorade est mort, comme son fils quelques mois plus tôt, et la statue, après avoir été fondue, sert de cloche à l'église d'Ille.

Entre-temps se placent des événements que l'on ne peut résumer, sous peine de trahir le récit de l'auteur, qui s'est fait *fantastique*. Qu'est-ce à dire ? Une incertitude plane sur la nuit tragique qui voit l'assassinat — mais est-ce bien un assassinat ? — d'Alphonse. Point de témoin. Une fausse piste, celle du joueur de paume qui aurait eu des raisons de se venger du jeune homme. Mais un indice, qui peut donner lieu à plusieurs interprétations : les traces de violence que porte le cadavre.

Au cœur de la nuit se joue un mystère qui ne sera

sans doute jamais élucidé, car le lecteur ne saurait venir à bout de son incertitude sans choisir l'une de deux explications également irrecevables. Ou bien un coupable extérieur, inconnu de lui, est venu à bout du solide gaillard pour un motif qui échappe ; ce qui est contre toutes les règles de l'art dramatique et, plus tard, du roman policier, le coupable devant se trouver parmi les personnages connus du lecteur. Ou bien c'est la cruelle statue qui s'est animée, a grimpé lourdement l'escalier et qui est venue tuer celui que sa conscience féminine tenait pour un traître et un infidèle : ne lui avait-il pas passé au doigt l'anneau nuptial ? Alphonse mourra donc au moment de consommer avec une autre le mariage qu'il devait à la Vénus d'Ille ; ce qui est, cette fois, contre toutes les règles de la vraisemblance.

Dans un récit aux « contours extrêmement nets et même secs » (Stendhal), au moyen de phrases courtes, à vive allure, Mérimée étend, comme l'écrit Baudelaire [1], avec une « froideur apparente, légèrement affectée », un « manteau de glace recouvrant une pudique sensibilité et une ardente passion pour le bien et pour le beau ». Les personnages, quoique croqués avec vivacité, sont bien construits. Les gens du peuple, guide ou manœuvre agricole, sont superstitieux, sauf les garnements qui apprendront, avec le temps, à le devenir. Peyrehorade, un modèle d'érudit local de son temps, est ridicule dans son admiration taquine pour les Parisiens ou par ses étymologies tirées par les cheveux. Son épouse, provinciale rigide, est dévote et n'est rien que cela. La promise est aussi effacée que souhaitable. Mais c'est Alphonse, fat, dépourvu de toute sensibilité, qui est portraituré à la charge. De lui, nous pourrions dire : il est mort et ce n'était pas un brave type.

A moins que tous n'aient rencontré, sous les traits de la statue, un destin trop grand pour eux, qui les révèle

---

1. *Écrits sur l'Art*, Le Livre de Poche classique, pp. 355-356.

et qui les condamne. Sans elle, les fiancés de convenance se fussent mariés sans autre drame qu'une nuit de noces ratée, autant dire le lot ordinaire de ces épousailles arrangées par les familles. Et Peyrehorade eût continué à « faire gémir la presse » de ses hypothèses fantaisistes. Mais un coup de pioche, le coup de dés de la fatalité, en a décidé autrement.

Avec la statue de bronze rencontrée par hasard au pied de l'olivier mort[1], nous sommes projetés dans le passé. Ce voyage n'est pas seulement un voyage dans le temps. Il projette les personnages du récit dans un monde dont certains, comme Alphonse, ignorent les lois, dont d'autres, comme Peyrehorade, esprit fort à la manière du XVIIIe siècle, les nient et les tournent en ridicule. Ceux que la statue maltraite le moins sont ceux qui la craignent le plus : le guide, le narrateur ou encore Mme de Peyrehorade.

A Ille, nous vivons un épisode anachronique de la lutte entre croyance païenne et foi chrétienne, dans lequel ceux qui ne croient en rien n'ont pas leur place et sont éliminés, où la statue figure le mal et la cloche, le bien. Mais cette guerre entre les religions est depuis longtemps achevée, non sans que la religion victorieuse se soit nourrie des dépouilles de celle qui l'a précédée. Combien d'église bâties au début de l'ère chrétienne avec des pierres de remploi provenant de temples abattus et sur leurs fondations ? Combien de cloches faites du métal des divinités terrassées ?

Mérimée n'a pas souhaité que nous lisions sa *Vénus d'Ille* à la manière d'une légende[2] du Moyen Age. Le

---

1. Mais est-ce bien un hasard si un olivier a poussé sur le lieu où elle était enfouie ? Cet arbre est celui que la déesse Athéna avait donné à l'Attique pour en être reconnue suzeraine ; elle planta le premier qui poussa à Athènes. Les Grecs vénéraient aussi des nymphes des arbres, les Hamadryades, qui naissaient avec l'arbre qu'elles protégeaient et qui mouraient avec lui ; certaines punissaient les hommes qui avaient coupé les arbres au mépris de leur prière.

2. La légende est, au sens propre *(legendum est)* ce qui doit être lu, pour l'édification morale et religieuse du lecteur.

recours au fantastique sème le doute, mais dans le même temps, il donne crédit à la possibilité d'une autre lecture de la réalité. Ce que nous voyons et ce que nous croyons, aujourd'hui, n'est pas forcément tout ce qui est. Au caché, sous la terre ou, plus généralement, à la perception de nos sens, nous nous devons de prendre garde. Tout le récit prend alors la forme d'un réquisitoire — qui n'épargne pas le narrateur — contre ceux qui vivent d'assurance et ne s'inquiètent pas (ou plus) de la solidité de leurs convictions. C'est une autre façon d'accuser les convictions positivistes et scientistes qui fondent une partie du savoir du XIXe siècle.

Quoi qu'on en ait pu penser, la réussite du récit est là, dans cette solide correspondance, entre la manière dont il est écrit et ce qu'il signifie. L'incertitude qui naît de la lecture n'est pas gratuite ; elle est image, voire leçon de vie. Le guide, dans sa simplicité inspirée, n'a pas manqué de le confesser au début : « On baisse les yeux, oui, en la regardant. » La leçon est celle du respect, respect de l'autre et de la différence. Qui s'étonnera dès lors que cette « grande femme noire plus qu'à moitié nue » vive encore dans un récit-joyau, moins modèle de récit fantastique que de création littéraire ? Car, fait curieux, si l'équivoque perdure sur la nature et la réalité des événements de la nuit tragique, c'est-à-dire sur la dramaturgie, elle n'obère en rien la puissance du croquis, la présence rémanente de cet être aussi incertain que présent et obsédant.

La Vénus d'Ille

Ἵλεως, ἦν δ' ἐγώ, ἔστω ὁ ἀνδριὰς
καὶ ἤπιος, οὕτως ἀνδρεῖος ὤν.

ΛΟΥΚΙΑΝΟΥ (ΦΙΛΟΨΕΥΔΗΣ[1])

nouvelle
publiée pour la première fois
en 1837

---

1. « Que cette statue, disais-je, soit propice et bienveillante, puisqu'elle res-
semble tant à un homme » (Lucien, ΦΙΛΟΨΕΥΔΗΣ Η ΑΠΙΣΤΩΝ [= L'ami du
mensonge ou le sceptique], XIX. Ce dialogue est la réflexion d'un incrédule
devant la fortune persistante des fables (faites pour charmer l'esprit des enfants).
On notera par ailleurs que l'adjectif ἀνδρεῖος signifie « qui a toute la force,
toute la vigueur d'un homme ».

Je descendais le dernier coteau du Canigou[1], et, bien que le soleil fût déjà couché, je distinguais dans la plaine les maisons de la petite ville d'Ille[2], vers laquelle je me dirigeais.

« Vous savez, dis-je au Catalan qui me servait de guide[3] depuis la veille, vous savez sans doute où demeure M. de Peyrehorade ?

— Si je le sais ! s'écria-t-il, je connais sa maison comme la mienne, et s'il ne faisait pas si noir, je vous la montrerais. C'est la plus belle d'Ille. Il a de l'argent, oui, M. de Peyrehorade ; et il marie son fils à plus riche que lui encore.

— Et ce mariage se fera-t-il bientôt ? lui demandai-je.

— Bientôt ! il se peut que déjà les violons[4] soient commandés pour la noce. Ce soir, peut-être, demain, après-demain, que sais-je ! C'est à Puygarrig que ça se fera ; car c'est Mlle de Puygarrig que monsieur le fils épouse. Ce sera beau, oui ! »

J'étais recommandé à M. de Peyrehorade par mon ami M. de P. C'était, m'avait-il dit, un antiquaire[5] fort ins-

---

1. Point culminant (2785 m) d'une branche des Pyrénées orientales, sur la rive droite de la Têt, entre Prades et Céret, à l'ouest-sud-ouest de Perpignan.
2. Cette petite ville comptait au XIXe siècle environ 3000 habitants. Située sur la Têt, entre Prades et Perpignan, elle avait été une ville forte et avait appartenu aux Espagnols à plusieurs reprises.
3. Le touriste du XIXe siècle ne s'aventure jamais en montagne sans un guide.
4. Les joueurs de violon.
5. Celui qui a le goût des choses anciennes (vieilli aujourd'hui).

truit et d'une complaisance [1] à toute épreuve. Il se ferait un plaisir de me montrer toutes les ruines à dix lieues à la ronde. Or je comptais sur lui pour visiter les environs d'Ille, que je savais riches en monuments antiques et du Moyen Age. Ce mariage, dont on me parlait alors pour la première fois, dérangeait tous mes plans.

Je vais être un trouble-fête, me dis-je. Mais j'étais attendu ; annoncé par M. de P., il fallait bien me présenter.

« Gageons [2], monsieur, me dit mon guide, comme nous étions déjà dans la plaine, gageons un cigare [3] que je devine ce que vous allez faire chez M. de Peyrehorade.

— Mais, répondis-je en lui tendant un cigare, cela n'est pas bien difficile à deviner. À l'heure qu'il est, quand on a fait six lieues [4] dans le Canigou, la grande affaire, c'est de souper.

— Oui, mais demain ?... Tenez, je parierais que vous venez à Ille pour voir l'idole [5]. J'ai deviné cela à vous voir tirer en portrait [6] les saints de Serrabona [7].

— L'idole ! quelle idole ? » Ce mot avait excité ma curiosité.

« Comment ! on ne vous a pas conté, à Perpignan, comment M. de Peyrehorade avait trouvé une idole en terre ?

— Vous voulez dire une statue en terre cuite, en argile ?

— Non pas. Oui, bien en cuivre, et il y en a de quoi faire des gros sous. Elle vous pèse autant qu'une cloche

---

1. Souci de faire plaisir.
2. Parions.
3. Le guide convoite ce produit coûteux que fume son client.
4. Une lieue commune d'Espagne représentait environ 5,6 kilomètres.
5. Du mot grec *eidôlon*, qui signifie image, et par suite représentation d'une divinité.
6. Dessiner (vieilli).
7. Prieuré situé dans la montagne à une douzaine de kilomètres d'Ille.

d'église. C'est bien avant dans la terre, au pied d'un olivier, que nous l'avons eue.

— Vous étiez donc présent à la découverte ?

— Oui, monsieur. M. de Peyrehorade nous dit, il y a quinze jours, à Jean Coll et à moi, de déraciner un vieil olivier qui était gelé de l'année dernière, car elle a été bien mauvaise, comme vous savez. Voilà donc qu'en travaillant Jean Coll qui y allait de tout cœur, il donne un coup de pioche, et j'entends bimm... comme s'il avait tapé sur une cloche. Qu'est-ce que c'est ? que je dis. Nous piochons toujours, nous piochons, et voilà qu'il paraît une main noire, qui semblait la main d'un mort qui sortait de terre. Moi, la peur me prend. Je m'en vais à Monsieur, et je lui dis : — Des morts, notre maître, qui sont sous l'olivier ! Faut appeler le curé. — Quels morts ? qu'il me dit. Il vient, et il n'a pas plus tôt vu la main qu'il s'écrie : — Un antique ! un antique [1] ! Vous auriez cru qu'il avait trouvé un trésor. Et le voilà, avec la pioche, avec les mains, qui se démène et qui faisait quasiment autant d'ouvrage que nous deux.

— Et enfin que trouvâtes-vous ?

— Une grande femme noire plus qu'à moitié nue, révérence parler [2], monsieur, toute en cuivre, et M. de Peyrehorade nous a dit que c'était une idole du temps des païens... du temps de Charlemagne [3], quoi !

— Je vois ce que c'est... Quelque bonne Vierge en bronze d'un couvent détruit.

— Une bonne Vierge ! ah bien oui !... Je l'aurais bien reconnue, si ç'avait été une bonne Vierge. C'est une idole, vous dis-je ; on le voit bien à son air. Elle vous fixe avec ses grands yeux blancs [4]... On dirait qu'elle vous dévisage. On baisse les yeux, oui, en la regardant.

---

1. Objet datant de l'Antiquité.
2. En dépit du respect qui vous est dû.
3. Expression consacrée pour désigner la période antérieure à la christianisation.
4. Voir p. 32. Il semble que les yeux sont des incrustations d'argent.

— Des yeux blancs ? Sans doute ils sont incrustés dans le bronze. Ce sera peut-être quelque statue romaine.

— Romaine ! c'est cela. M. de Peyrehorade dit que c'est une Romaine. Ah ! Je vois bien que vous êtes un savant comme lui.

— Est-elle entière, bien conservée ?

— Oh ! monsieur, il ne lui manque rien. C'est encore plus beau et mieux fini que le buste de Louis-Philippe [1] qui est à la mairie, en plâtre peint. Mais avec tout cela, la figure de cette idole ne me revient pas. Elle a l'air méchante... et elle l'est aussi.

— Méchante ! Quelle méchanceté vous a-t-elle faite ?

— Pas à moi précisément ; mais vous allez voir. Nous nous étions mis à quatre pour la dresser debout et M. de Peyrehorade, qui lui aussi tirait à la corde [2], bien qu'il n'ait guère plus de force qu'un poulet, le digne homme ! Avec bien de la peine nous la mettons droite. J'amassais un tuileau [3] pour la caler, quand, patatras ! la voilà qui tombe à la renverse tout d'une masse. Je dis : Gare dessous ! Pas assez vite pourtant, car Jean Coll n'a pas eu le temps de tirer sa jambe...

— Et il a été blessé ?

— Cassée net comme un échalas [4], sa pauvre jambe ! Pécaïre [5] ! quand j'ai vu cela, moi, j'étais furieux. Je voulais défoncer l'idole à coups de pioche, mais M. de Peyrehorade m'a retenu. Il a donné de l'argent à Jean Coll, qui tout de même est encore au lit depuis quinze jours que cela lui est arrivé, et le médecin dit qu'il ne marchera jamais de cette jambe-là comme de l'autre. C'est dommage, lui qui était notre meilleur coureur et

---

1. Roi des Français de 1830 à 1848, au pouvoir à l'époque où est censée se passer cette histoire.
2. Afin de relever l'idole.
3. Un morceau de tuile.
4. Tige de bois utilisée comme tuteur pour un arbuste ou un cep de vigne.
5. En langue d'oïl (par exemple, en provençal *peuchère*), terme d'apitoiement.

Un mariage. Lithographie de Mendouze, d'après Wattier.

après monsieur le fils, le plus malin joueur de paume [1]. C'est que M. Alphonse de Peyrehorade en a été triste, car c'est Coll qui faisait sa partie [2]. Voilà qui était beau à voir comme ils se renvoyaient les balles. Paf ! paf ! Jamais elles ne touchaient terre. »

Devisant [3] de la sorte, nous entrâmes à Ille, et je me trouvai bientôt en présence de M. de Peyrehorade. C'était un petit vieillard vert [4] encore et dispos, poudré, le nez rouge, l'air jovial et goguenard [5]. Avant d'avoir ouvert la lettre de M. de P., il m'avait installé devant une table bien servie, et m'avait présenté à sa femme et à son fils comme un archéologue illustre, qui devait tirer le Roussillon de l'oubli où le laissait l'indifférence des savants.

Tout en mangeant de bon appétit, car rien ne dispose mieux que l'air vif des montagnes, j'examinais mes hôtes. J'ai dit un mot de M. de Peyrehorade ; je dois ajouter que c'était la vivacité même. Il parlait, mangeait, se levait, courait à sa bibliothèque, m'apportait des livres, me montrait des estampes [6], me versait à boire ; il n'était jamais deux minutes en repos. Sa femme, un peu trop grasse, comme la plupart des Catalanes lorsqu'elles ont passé quarante ans, me parut une provinciale renforcée [7], uniquement occupée des soins de son ménage. Bien que le souper fût suffisant pour six personnes au moins, elle courut à la cuisine, fit tuer des pigeons, frire des miliasses [8], ouvrit je ne sais combien de pots de confitures. En un instant la table fut

---

1. Jeu très en vogue sous l'Ancien Régime et qui l'était resté en Catalogne où les joueurs renvoient la balle de part et d'autre du filet avec la paume de la main.
2. Son partenaire ordinaire.
3. Conversant.
4. Vif pour son âge.
5. Moqueur.
6. Gravures.
7. Un type affirmé et rigide de provinciale.
8. Gâteaux de maïs.

encombrée de plats et de bouteilles, et je serais certainement mort d'indigestion si j'avais goûté seulement à tout ce qu'on m'offrait. Cependant, à chaque plat que je refusais, c'étaient de nouvelles excuses. On craignait que je ne me trouvasse bien mal à Ille. Dans la province on a si peu de ressources, et les Parisiens sont si difficiles !

Au milieu des allées et venues de ses parents, M. Alphonse de Peyrehorade ne bougeait pas plus qu'un Terme [1]. C'était un grand jeune homme de vingt-six ans, d'une physionomie belle et régulière, mais manquant d'expression. Sa taille et ses formes athlétiques justifiaient bien la réputation d'infatigable joueur de paume qu'on lui faisait dans le pays. Il était ce soir-là habillé avec élégance, exactement d'après la gravure du dernier numéro du *Journal des modes* [2]. Mais il me semblait gêné dans ses vêtements ; il était <u>roide</u> comme un piquet dans son col de velours, et ne se tournait que tout d'une pièce. Ses mains grosses et hâlées, ses ongles courts, contrastaient singulièrement avec son costume. C'étaient des mains de laboureur sortant des manches d'un dandy [3]. D'ailleurs, bien qu'il me considérât de la tête aux pieds fort curieusement [4], en ma qualité de Parisien, il ne m'adressa qu'une seule fois la parole dans toute la soirée, ce fut pour me demander où j'avais acheté la chaîne de ma montre.

« Ah çà ! mon cher hôte, me dit M. de Peyrehorade, le souper tirant à sa fin, vous m'appartenez, vous êtes chez moi. Je ne vous lâche plus, sinon quand vous aurez

---

1. Dieu romain, protecteur des limites des champs représenté par une borne servant à délimiter les héritages et les propriétés de l'État. On raconte que lorsqu'on inaugura Jupiter sur le Capitole et qu'on déplaça les autres dieux, la statue de Terme ne put être enlevée. Synonyme pédant d'immobilité.
2. Ce périodique diffusait en province les modes parisiennes.
3. Homme élégant.
4. Attentivement.

Joueurs de paume. Dessin de Gustave Doré.

vu tout ce que nous avons de curieux [1] dans nos montagnes. Il faut que vous appreniez à connaître notre Roussillon, et que vous lui rendiez justice. Vous ne vous
doutez pas de tout ce que nous allons vous montrer.
Monuments phéniciens, celtiques, romains, arabes,
byzantins, vous verrez tout, depuis le cèdre jusqu'à
l'hysope [2]. Je vous mènerai partout et ne vous ferai pas
grâce d'une brique. »

Un accès de toux l'obligea de s'arrêter. J'en profitai
pour lui dire que je serais désolé de le déranger dans
une circonstance aussi intéressante pour sa famille. S'il
voulait bien me donner ses excellents conseils sur les
excursions que j'aurais à faire, je pourrais, sans qu'il prît
la peine de m'accompagner...

« Ah ! vous voulez parler du mariage de ce garçon-là,
s'écria-t-il en m'interrompant. Bagatelle [3] ! ce sera fait
après-demain. Vous ferez la noce avec nous, en famille,
car la future est en deuil d'une tante dont elle hérite.
Ainsi point de fête, point de bal... C'est dommage... vous
auriez vu danser nos Catalanes... Elles sont jolies, et
peut-être l'envie vous aurait-elle pris d'imiter mon
Alphonse. Un mariage, dit-on, en amène d'autres...
Samedi, les jeunes gens mariés, je suis libre, et nous
nous mettons en course. Je vous demande pardon de
vous donner l'ennui d'une noce de province. Pour un
Parisien blasé sur les fêtes... et une noce sans bal
encore ! Pourtant, vous verrez une mariée... une mariée...
vous m'en direz des nouvelles... Mais vous êtes un
homme grave et vous ne regardez plus les femmes. J'ai
mieux que cela à vous montrer. Je vous ferai voir quel-

_____

1. Le XIXᵉ siècle aime ce qui est « curieux », c'est-à-dire singulier, remarqua-
ble, inattendu, pittoresque ou mystérieux.
2. Du plus grand (un arbre comme le cèdre) au plus petit (une plante aromati-
que aux dimensions d'un arbrisseau, comme l'hysope). C'est une allusion bibli-
que : « Il [Salomon] traita aussi de tous les arbres, depuis le cèdre qui est sur le
Liban jusqu'à l'hysope qui sort de la muraille » (III Rois, IV, 33)
3. Chose de peu d'importance.

que chose !... Je vous réserve une fière surprise pour demain.

— Mon Dieu ! lui dis-je, il est difficile d'avoir un trésor dans sa maison sans que le public en soit instruit. Je crois deviner la surprise que vous me préparez. Mais si c'est de votre statue qu'il s'agit, la description que mon guide m'en a faite n'a servi qu'à exciter ma curiosité et à me disposer à l'admiration.

— Ah ! il vous a parlé de l'idole, car c'est ainsi qu'ils appellent ma belle Vénus Tur... mais je ne veux rien vous dire. Demain, au grand jour, vous la verrez, et vous me direz si j'ai raison de la croire un chef-d'œuvre. Parbleu ! vous ne pouviez arriver plus à propos ! Il y a des inscriptions que moi, pauvre ignorant, j'explique à ma manière... mais un savant de Paris !... Vous vous moquerez peut-être de mon interprétation... car j'ai fait un mémoire [1]... moi qui vous parle... vieil antiquaire de province, je me suis lancé... Je veux faire gémir la presse [2]... Si vous vouliez bien me lire et me corriger, je pourrais espérer... Par exemple, je suis bien curieux de savoir comment vous traduirez cette inscription sur le socle : *CAVE* [3]... Mais je ne veux rien vous demander encore ! À demain, à demain ! Pas un mot sur la Vénus aujourd'hui !

— Tu as raison, Peyrehorade, dit sa femme, de laisser là ton idole. Tu devrais voir que tu empêches monsieur de manger. Va, monsieur a vu à Paris de bien plus belles statues que la tienne. Aux Tuileries [4], il y en a des douzaines, et en bronze aussi.

— Voilà bien l'ignorance, la sainte ignorance de la

---

1. Étude savante d'un point particulier.
2. Faire travailler les imprimeurs. Les presses à bras, qui disparurent progressivement au début du XIXᵉ siècle (voir le début des *Illusions perdues* de Balzac) donnaient l'impression de gémir.
3. Impératif latin : prends garde.
4. Au château des Tuileries — et non dans le jardin ! —, résidence royale et impériale au XIXᵉ siècle.

province ! interrompit M. de Peyrehorade. Comparer un antique admirable aux plates figures de Coustou [1] !

>   Comme avec irrévérence
>   Parle des dieux ma ménagère [2] !

Savez-vous que ma femme voulait que je fondisse ma statue pour en faire une cloche à notre église ? C'est qu'elle en eût été la marraine. Un chef-d'œuvre de Myron [3], monsieur !

— Chef-d'œuvre ! chef-d'œuvre ! un beau chef-d'œuvre qu'elle a fait ! casser la jambe d'un homme !

— Ma femme, vois-tu ? dit M. de Peyrehorade d'un ton résolu, et tendant vers elle sa jambe droite dans un bas de soie chinée, si ma Vénus m'avait cassé cette jambe-là, je ne la regretterais pas.

— Bon Dieu ! Peyrehorade, comment peux-tu dire cela ! Heureusement que l'homme va mieux... Et encore je ne peux pas prendre sur moi de regarder la statue qui fait des malheurs comme celui-là. Pauvre Jean Coll !

— Blessé par Vénus [4] monsieur, dit M. de Peyrehorade riant d'un gros rire, blessé par Vénus, le maraud [5] se plaint :

> Veneris nec præmia noris [6].

Qui n'a été blessé par Vénus ? »

M. Alphonse, qui comprenait le français mieux que le latin, cligna de l'œil d'un air d'intelligence, et me

---

1. L'un des trois sculpteurs des XVIIe et XVIIIe siècles à porter ce nom, sans doute le dernier, Guillaume (1716-1777), dont le style maniéré fut souvent dénoncé.

2. Molière écrivait dans *Amphitryon* : « Comme avec irrévérence/Parle des dieux ce maraud » (Acte I, scène 2). Le goguenard Peyrehorade s'amuse à parodier.

3. Sculpteur grec de l'époque classique (Ve siècle) dont l'œuvre la plus connue est *Le Discobole*.

4. Expression équivoque : être blessé par Vénus, c'est aussi bien tomber amoureux qu'être victime d'une maladie vénérienne (de Vénus).

5. Vaurien, fripon (vieilli).

6. « Et les cadeaux de Vénus, tu ne les connaîtras pas » (Virgile, *Enéide*, Chant IV, vers 33).

regarda comme pour me demander : Et vous, Parisien, comprenez-vous ?

Le souper finit. Il y avait une heure que je ne mangeais plus. J'étais fatigué, et je ne pouvais parvenir à cacher les fréquents bâillements qui m'échappaient. Mme de Peyrehorade s'en aperçut la première, et remarqua qu'il était temps d'aller dormir. Alors commencèrent de nouvelles excuses sur le mauvais gîte que j'allais avoir. Je ne serais pas comme à Paris. En province on est si mal ! Il fallait de l'indulgence pour les Roussillonnais. J'avais beau protester qu'après une course dans les montagnes une botte de paille me serait un coucher délicieux, on me priait toujours de pardonner à de pauvres campagnards s'ils ne me traitaient pas aussi bien qu'ils l'eussent désiré. Je montai enfin à la chambre qui m'était destinée, accompagné de M. de Peyrehorade. L'escalier, dont les marches supérieures étaient en bois, aboutissait au milieu d'un corridor, sur lequel donnaient plusieurs chambres.

« À droite, me dit mon hôte, c'est l'appartement que je destine à la future Mme Alphonse. Votre chambre est au bout du corridor opposé. Vous sentez bien, ajouta-t-il d'un air qu'il voulait rendre fin, vous sentez bien qu'il faut isoler de nouveaux mariés. Vous êtes à un bout de la maison, eux à l'autre. »

Nous entrâmes dans une chambre bien meublée, où le premier objet sur lequel je portai la vue fut un lit long de sept pieds, large de six [1], et si haut qu'il fallait un escabeau pour s'y guinder [2]. Mon hôte m'ayant indiqué la position de la sonnette, et s'étant assuré par lui-même que le sucrier était plein, les flacons d'eau de Cologne

---

1. Le pied, ancienne mesure, compte un peu plus de trente centimètres.
2. Hisser au moyen d'un guindeau, machine qui sert à remonter l'ancre d'un navire.

Une vue du Canigou.

dûment placés sur la toilette[1], après m'avoir demandé plusieurs fois si rien ne me manquait, me souhaita une bonne nuit et me laissa seul.

Les fenêtres étaient fermées. Avant de me déshabiller, j'en ouvris une pour respirer l'air frais de la nuit, délicieux après un long souper. En face était le Canigou, d'un aspect admirable en tout temps, mais qui me parut ce soir-là la plus belle montagne du monde, éclairé qu'il était par une lune resplendissante. Je demeurai quelques minutes à contempler sa silhouette merveilleuse, et j'allais fermer ma fenêtre, lorsque, baissant les yeux, j'aperçus la statue sur un piédestal à une vingtaine de toises[2] de la maison. Elle était placée à l'angle d'une haie vive qui séparait un petit jardin d'un vaste carré parfaitement uni, qui, je l'appris plus tard, était le jeu de paume de la ville. Ce terrain, propriété de M. de Peyrehorade, avait été cédé par lui à la commune, sur les pressantes sollicitations de son fils.

À la distance où j'étais, il m'était difficile de distinguer l'attitude de la statue ; je ne pouvais juger que de sa hauteur, qui me parut de six pieds environ. En ce moment, deux polissons de la ville passaient sur le jeu de paume, assez près de la haie, sifflant le joli air du Roussillon : *Montagnes régalades*. Ils s'arrêtèrent pour regarder la statue ; un d'eux l'apostropha même à haute voix. Il parlait catalan[3] ; mais j'étais dans le Roussillon depuis assez longtemps pour pouvoir comprendre à peu près ce qu'il disait.

« Te voilà donc, coquine ! (Le terme catalan était plus énergique.) Te voilà ! disait-il. C'est donc toi qui as cassé la jambe à Jean Coll ! Si tu étais à moi, je te casserais le cou.

---

1. Meuble de bois le plus souvent couvert d'une plaque de marbre sur lequel on disposait les récipients nécessaires à la toilette, avant l'apparition de l'eau courante.

2. Ancienne mesure valant six pieds, soit un peu plus d'1,8 m.

3. Langue parlée en Catalogne.

— Bah ! avec quoi ? dit l'autre. Elle est de cuivre, et si dure qu'Étienne a cassé sa lime dessus, essayant de l'entamer. C'est du cuivre du temps des païens ; c'est plus dur que je ne sais quoi.

— Si j'avais mon ciseau à froid (il paraît que c'était un apprenti serrurier), je lui ferais bientôt sauter ses grands yeux blancs, comme je tirerais une amande de sa coquille [1]. Il y a pour plus de cent sous d'argent. »

Ils firent quelques pas en s'éloignant.

« Il faut que je souhaite le bonsoir à l'idole », dit le plus grand des apprentis, s'arrêtant tout à coup.

Il se baissa, et probablement ramassa une pierre. Je le vis déployer le bras, lancer quelque chose, et aussitôt un coup sonore retentit sur le bronze. Au même instant l'apprenti porta la main à sa tête en poussant un cri de douleur.

« Elle me l'a rejetée ! » s'écria-t-il.

Et mes deux polissons prirent la fuite à toutes jambes. Il était évident que la pierre avait rebondi sur le métal, et avait puni ce drôle de l'outrage qu'il faisait à la déesse.

Je fermai la fenêtre en riant de bon cœur.

« Encore un Vandale [2] puni par Vénus ! Puissent tous les destructeurs de nos vieux monuments avoir ainsi la tête cassée ! » Sur ce souhait charitable, je m'endormis.

Il était grand jour quand je me réveillai. Auprès de mon lit étaient, d'un côté, M. de Peyrehorade, en robe de chambre ; de l'autre, un domestique envoyé par sa femme, une tasse de chocolat à la main.

« Allons, debout, Parisien ! Voilà bien mes paresseux de la capitale ! disait mon hôte pendant que je m'habillais à la hâte. Il est huit heures, et encore au lit ! Je suis levé, moi, depuis six heures. Voilà trois fois que je monte ; je me suis approché de votre porte sur la pointe

---

1. Comme je saurais extraire l'amande de son enveloppe.
2. Employé comme nom propre, désigne les peuples germains qui envahirent la Gaule au Ve siècle, puis l'Espagne et qui s'établirent en Afrique du Nord. Leur fureur de destruction est devenue proverbiale.

du pied : personne, nul signe de vie. Cela vous fera mal de trop dormir à votre âge. Et ma Vénus que vous n'avez pas encore vue ! Allons, prenez-moi vite cette tasse de chocolat de Barcelone... Vraie contrebande... Du chocolat comme on n'en a pas à Paris. Prenez des forces, car lorsque vous serez devant ma Vénus, on ne pourra plus vous en arracher. »

En cinq minutes je fus prêt, c'est-à-dire à moitié rasé, mal boutonné, et brûlé par le chocolat que j'avalai bouillant. Je descendis dans le jardin, et me trouvai devant une admirable statue.

C'était bien une Vénus, et d'une merveilleuse beauté. Elle avait le haut du corps nu, comme les Anciens représentaient d'ordinaire les grandes divinités ; la main droite, levée à la hauteur du sein, était tournée, la paume en dedans, le pouce et les deux premiers doigts étendus, les deux autres légèrement ployés. L'autre main, rapprochée de la hanche, soutenait la draperie qui couvrait la partie inférieure du corps. L'attitude de cette statue rappelait celle du Joueur de mourre qu'on désigne, je ne sais trop pourquoi, sous le nom de Germanicus [1]. Peut-être avait-on voulu représenter la déesse jouant au jeu de mourre.

Quoi qu'il en soit, il est impossible de voir quelque chose de plus parfait que le corps de cette Vénus, rien de plus suave, de plus voluptueux que ses contours, rien de plus élégant et de plus noble que sa draperie. Je m'attendais à quelque ouvrage du Bas-Empire [2] ; je voyais un chef-d'œuvre du meilleur temps de la statuaire. Ce qui me frappait surtout, c'était l'exquise vérité des formes, en sorte qu'on aurait pu les croire moulées

---

1. Général romain du Ier siècle après Jésus-Christ. D'origine italienne, le jeu de mourre consiste à montrer très rapidement une main dont l'adversaire doit compter combien elle montre de doigts levés. Mérimée songe peut-être ici à une statue du Louvre.
2. Période de décadence de l'Empire romain.

sur nature, si la nature produisait d'aussi parfaits modèles.

La chevelure, relevée sur le front, paraissait avoir été dorée autrefois. La tête, petite comme celle de presque toutes les statues grecques, était légèrement inclinée en avant. Quant à la figure, jamais je ne parviendrai à exprimer son caractère étrange, et dont le type ne se rapprochait de celui d'aucune statue antique dont il me souvienne. Ce n'était point cette beauté calme et sévère des sculpteurs grecs, qui, par système[1], donnaient à tous les traits une majestueuse immobilité[2]. Ici, au contraire, j'observais avec surprise l'intention marquée de l'artiste de rendre la malice[3] arrivant jusqu'à la méchanceté. Tous les traits étaient contractés légèrement : les yeux un peu obliques, la bouche relevée des coins, les narines quelque peu gonflées. Dédain, ironie, cruauté, se lisaient sur ce visage d'une incroyable beauté cependant. En vérité, plus on regardait cette admirable[4] statue, et plus on éprouvait le sentiment pénible qu'une si merveilleuse beauté pût s'allier à l'absence de toute sensibilité.

« Si le modèle a jamais existé, dis-je à M. de Peyrehorade, et je doute que le ciel ait jamais produit une telle femme, que je plains ses amants ! Elle a dû se complaire à les faire mourir de désespoir. Il y a dans son expression quelque chose de féroce[5], et pourtant je n'ai jamais vu rien de si beau.

— C'est Vénus tout entière à sa proie attachée[6] ! »

---

1. Par principe.
2. On songe au célèbre poème de Baudelaire, *La Beauté* : « Je suis belle, ô mortels ! comme un rêve de pierre. » Il est faux toutefois de prêter à toute la statuaire grecque cette caractéristique.
3. Dans ce contexte, goût du mal.
4. Au premier sens du mot, qui provoque l'étonnement ; « admirable » et « merveilleuse », autre adjectif utilisé à la ligne suivante, proviennent de la même racine.
5. Propre aux bêtes sauvages.
6. Racine, *Phèdre*, vers 306.

La Vénus de Nucera. Bronze.
Musée de Naples. Photo Roger-Viollet

s'écria M. de Peyrehorade, satisfait de mon enthousiasme.

Cette expression d'ironie infernale [1] était augmentée peut-être par le contraste de ses yeux incrustés d'argent et très brillants avec la patine [2] d'un vert noirâtre que le temps avait donnée à toute la statue. Ces yeux brillants produisaient une certaine illusion qui rappelait la réalité, la vie. Je me souviens de ce que m'avait dit mon guide, qu'elle faisait baisser les yeux à ceux qui la regardaient. Cela était presque vrai, et je ne pus me défendre d'un mouvement de colère contre moi-même en me sentant un peu mal à mon aise devant cette figure de bronze.

« Maintenant que vous avez tout admiré en détail, mon cher collègue en antiquaillerie [3], dit mon hôte, ouvrons, s'il vous plaît, une conférence [4] scientifique. Que dites-vous de cette inscription [5], à laquelle vous n'avez point pris garde encore ? »

Il me montrait le socle de la statue, et j'y lus ces mots : *CAVE AMANTEM.*

« *Quid dicis, doctissime* [6] ? me demanda-t-il en se frottant les mains. Voyons si nous nous rencontrerons sur le sens de ce *cave amantem !*

— Mais, répondis-je, il y a deux sens. On peut traduire : "Prends garde à celui qui t'aime, défie-toi des amants." Mais, dans ce sens, je ne sais si *cave amantem* serait d'une bonne latinité [7]. En voyant l'expression diabolique de la dame, je croirais plutôt que l'artiste a voulu mettre en garde le spectateur contre cette terrible beauté. Je traduirais donc : "Prends garde à toi si elle t'aime."

— Humph ! dit M. de Peyrehorade, oui, c'est un sens

---

1. Digne de l'enfer ou des enfers.
2. Marque d'ancienneté, d'usure ou, ici, d'oxydation.
3. Nouveau mot (néologisme) forgé par Mérimée. Peyrehorade affecte de plaisanter sur le goût des antiquités.
4. Au sens propre, un débat où sont donnés des points de vue différents.
5. Terme technique, c'est ce qui est écrit dans la pierre.
6. « Qu'en dis-tu, très docte collègue ? »
7. Serait employé à l'époque classique, celle de Cicéron, par exemple.

admirable ; mais, ne vous en déplaise, je préfère la première traduction, que je développerai pourtant. Vous connaissez l'amant de Vénus ?

— Il y en a plusieurs [1].

— Oui ; mais le premier, c'est Vulcain. N'a-t-on pas voulu dire : "Malgré toute ta beauté, ton air dédaigneux, tu auras un forgeron, un vilain boiteux pour amant [2]" ? Leçon profonde, monsieur, pour les coquettes [3] ! »

Je ne pus m'empêcher de sourire, tant l'explication me parut tirée par les cheveux.

« C'est une terrible langue que le latin avec sa concision [4], observai-je pour éviter de contredire formellement mon antiquaire, et je reculai de quelques pas afin de mieux contempler la statue.

— Un instant, collègue ! dit M. de Peyrehorade en m'arrêtant par le bras, vous n'avez pas tout vu. Il y a encore une autre inscription. Montez sur le socle et regardez au bras droit. » En parlant ainsi il m'aidait à monter.

Je m'accrochai sans trop de façons au cou de la Vénus, avec laquelle je commençais à me familiariser. Je la regardai même un instant sous le nez, et la trouvai de près encore plus méchante et encore plus belle. Puis je reconnus qu'il y avait, gravés sur le bras, quelques caractères d'écriture cursive [5] antique, à ce qu'il me sembla. À grand renfort de besicles [6] j'épelai ce qui suit,

---

1. La mythologie prête en effet à Vénus (la même que les Grecs nommaient Aphrodite), déesse de l'amour, plusieurs amants : Arès, Adonis, Anchise ou encore Lyrnos.

2. Selon l'*Odyssée* d'Homère, Vulcain (Hephaïstos en grec) fut uni à Vénus (Aphrodite), qui le trompa avec Arès. Une tradition populaire, dont l'écho se voit chez Montaigne, veut que les boiteux soient des amants aux performances hors du commun.

3. Celles qui entendent séduire les hommes sans se donner. Dans la langue d'aujourd'hui, le correspondant, plus familier, est « allumeuse ».

4. Art d'exprimer le plus au moyen du moins de mots possible.

5. Rapide, sans lever la plume du papier ou du parchemin.

6. Lunettes rondes dépourvues de branches. Mérimée se souvient de Rabelais, *Gargantua*, « à grand renfort de bézicles » (édit. Defaux, « Bibliothèque Classique », Le Livre de Poche, p. 97).

et cependant M. de Peyrehorade répétait chaque mot à mesure que je le prononçais, approuvant du geste et de la voix. Je lus donc :

> *VENERI TVRBVL* [1]...
> *EVTYCHES MYRO*
> *IMPERIO FECIT*

Après ce mot *TVRBVL* de la première ligne, il me sembla qu'il y avait quelques lettres effacées ; mais *TVRBVL* était parfaitement lisible.

« Ce qui veut dire ?... » me demanda mon hôte radieux et souriant avec malice, car il pensait bien que je ne me tirerais pas facilement de ce *TVRBVL*.

« Il y a un mot que je ne m'explique pas encore, lui dis-je ; tout le reste est facile. Eutychès Myron a fait cette offrande à Vénus par son ordre.

— À merveille. Mais *TVRBVL*, qu'en faites-vous ? Qu'est-ce que *TVRBVL* ?

— *TVRBVL* m'embarrasse fort. Je cherche en vain quelque épithète connue de Vénus qui puisse m'aider. Voyons, que diriez-vous de *TVRBVLENTA* ? Vénus qui trouble, qui agite... Vous vous apercevez que je suis toujours préoccupé de son expression méchante. *TVRBVLENTA*, ce n'est point une trop mauvaise épithète pour Vénus », ajoutai-je d'un ton modeste, car je n'étais pas moi-même fort satisfait de mon explication.

« Vénus turbulente ! Vénus la tapageuse ! Ah ! vous croyez donc que ma Vénus est une Vénus de cabaret [2] ? Point du tout, monsieur ; c'est une Vénus de bonne compagnie. Mais je vais vous expliquer ce *TVRBVL*... Au moins vous me promettez de ne point divulguer ma découverte avant l'impression de mon mémoire. C'est que, voyez-vous, je m'en fais gloire, de cette trouvaille-là... Il faut bien que vous nous laissiez quelques épis à

---

1. Dans les inscriptions, les lettres U et V ne sont pas distinguées.
2. Une fille de bar, une femme de mauvaise vie.

glaner, à nous autres pauvres diables de provinciaux. Vous êtes si riches, messieurs les savants de Paris ! »

Du haut du piédestal, où j'étais toujours perché, je lui promis solennellement que je n'aurais jamais l'indignité de lui voler sa découverte.

« *TVRBVL*..., monsieur, dit-il en se rapprochant et baissant la voix de peur qu'un autre que moi ne pût l'entendre, lisez *TVRBVLNERÆ*.

— Je ne comprends pas davantage.

— Écoutez bien. À une lieue d'ici, au pied de la montagne, il y a un village qui s'appelle Boulternère. C'est une corruption du mot latin *TVRBVLNERA*. Rien de plus commun que ces inversions. Boulternère, monsieur, a été une ville romaine. Je m'en étais toujours douté, mais jamais je n'en avais eu la preuve. La preuve, la voilà. Cette Vénus était la divinité topique [1] de la cité de Boulternère ; et ce mot de Boulternère, que je viens de démontrer d'origine antique, prouve une chose bien plus curieuse, c'est que Boulternère, avant d'être une ville romaine, a été une ville phénicienne [2] ! »

Il s'arrêta un moment pour respirer et jouir de ma surprise. Je parvins à réprimer une forte envie de rire.

« En effet, poursuivit-il, *TVRBVLNERA* est pur phénicien, *TVR*, prononcez *TOUR*... *TOUR* et *SOUR*, même mot, n'est-ce pas ? *SOUR* est le nom phénicien de Tyr [3], je n'ai pas besoin de vous en rappeler le sens. *BVL*, c'est Baal [4], Bâl, Bel, Bul, légères différences de prononciation. Quant à *NERA*, cela me donne un peu de peine. Je suis tenté de croire, faute de trouver un mot phénicien, que cela vient du grec *νηρός*, humide, marécageux. Ce serait

---

1. Divinité de l'endroit (du grec *topos*, lieu).
2. Les Phéniciens étaient volontiers allégués à l'époque pour origine des étymologies obscures. Dans tout ce passage, Mérimée se moque des prétentions de son hôte en la matière.
3. Port de Phénicie, dans la région actuelle du littoral de la Syrie.
4. Divinité phénicienne.

donc un mot hybride[1]. Pour justifier νηρός, je vous montrerai à Boulternère comment les ruisseaux de la montagne y forment des mares infectes. D'autre part, la terminaison NERA aurait pu être ajoutée beaucoup plus tard en l'honneur de Nera Pivesuvia, femme de Tétricus[2], laquelle aurait fait quelque bien à la cité de Turbul. Mais, à cause des mares, je préfère l'étymologie de νηρός. »

Il prit une prise de tabac[3] d'un air satisfait.

« Mais laissons les Phéniciens, et revenons à l'inscription. Je traduis donc : "À Vénus de Boulternère Myron dédie par son ordre cette statue, son ouvrage." »

Je me gardai bien de critiquer son étymologie[4], mais je voulus à mon tour faire preuve de pénétration, et je lui dis : « Halte-là, monsieur. Myron a consacré quelque chose, mais je ne vois nullement que ce soit cette statue.

— Comment ! s'écria-t-il, Myron n'était-il pas un fameux sculpteur grec ? Le talent se sera perpétué dans sa famille : c'est un de ses descendants qui aura fait cette statue. Il n'y a rien de plus sûr.

— Mais, répliquai-je, je vois sur le bras un petit trou. Je pense qu'il a servi à fixer quelque chose, un bracelet, par exemple, que ce Myron donna à Vénus en offrande expiatoire[5]. Myron était un amant malheureux[6]. Vénus était irritée contre lui : il l'apaisa en lui consacrant un bracelet d'or. Remarquez que *fecit*[7] se prend fort souvent pour *consecravit*[8]. Ce sont termes synonymes. Je vous en montrerais plus d'un exemple si j'avais sous

---

1. Issu de deux sources distinctes.
2. L'un des Trente Tyrans, sénateur et gouverneur de l'Aquitaine au IIIe siècle.
3. Tabac presque réduit à l'état de poudre que l'on renifle.
4. L'étymologie est aujourd'hui la science de l'origine des mots ; elle ne s'est cependant constituée comme science qu'à la fin du XIXe siècle.
5. Don fait à une divinité pour s'attirer sa bienveillance.
6. Qui n'a pas été payé de retour par celle qu'il aime.
7. Il fit (parfait latin).
8. Il consacra (parfait latin).

la main Gruter ou bien Orellius [1]. Il est naturel qu'un amoureux voie Vénus en rêve, qu'il s'imagine qu'elle lui commande de donner un bracelet d'or à sa statue. Myron lui consacra un bracelet... Puis les Barbares ou bien quelque voleur sacrilège...

— Ah ! qu'on voit bien que vous avez fait des romans ! s'écria mon hôte en me donnant la main pour descendre. Non, monsieur, c'est un ouvrage de l'école de Myron. Regardez seulement le travail, et vous en conviendrez. »

M'étant fait une loi de ne jamais contredire à outrance les antiquaires entêtés, je baissai la tête d'un air convaincu en disant : « C'est un admirable morceau.

— Ah ! mon Dieu, s'écria M. de Peyrehorade, encore un trait de vandalisme [2] ! On aura jeté une pierre à ma statue ! »

Il venait d'apercevoir une marque blanche un peu au-dessus du sein de la Vénus. Je remarquai une trace semblable sur les doigts de la main droite, qui, je le supposai alors, avaient été touchés dans le trajet de la pierre, ou bien un fragment s'en était détaché par le choc et avait ricoché sur la main. Je contai à mon hôte l'insulte dont j'avais été témoin et la prompte punition qui s'en était suivie. Il en rit beaucoup, et, comparant l'apprenti à Diomède [3], il lui souhaita de voir, comme le héros grec, tous ses compagnons changés en oiseaux blancs.

La cloche du déjeuner interrompit cet entretien classique, et, de même que la veille, je fus obligé de manger comme quatre. Puis vinrent des fermiers de M. de Peyrehorade ; et pendant qu'il leur donnait audience [4], son fils

---

1. Savants dans l'étude des langues anciennes, le premier de la fin du XVIe siècle, le second de la fin du XVIIIe et du début XIXe, dont les ouvrages sur l'épigraphie (= la science des inscriptions) faisaient autorité.
2. Voir la note 2, p. 32.
3. Ce héros grec blessa Vénus au cours du siège de Troie, selon Homère dans l'*Iliade* ; les dieux le punirent en le faisant disparaître, tandis que ses compagnons étaient métamorphosés en oiseaux.
4. Qu'il les recevait pour les écouter.

me mena voir une calèche qu'il avait achetée à Toulouse pour sa fiancée, et que j'admirai, cela va sans dire. Ensuite j'entrai avec lui dans l'écurie, où il me tint une demi-heure à me vanter ses chevaux, à me faire leur généalogie [1], à me conter les prix qu'ils avaient gagnés aux courses du département. Enfin il en vint à me parler de sa future [2], par la transition d'une jument grise qu'il lui destinait [3].

« Nous la verrons aujourd'hui, dit-il. Je ne sais si vous la trouverez jolie. Vous êtes difficiles, à Paris ; mais tout le monde, ici et à Perpignan, la trouve charmante. Le bon, c'est qu'elle est fort riche. Sa tante de Prades lui a laissé son bien. Oh ! je vais être fort heureux. »

Je fus profondément choqué de voir un jeune homme paraître plus touché de la dot que des beaux yeux de sa future.

« Vous vous connaissez en bijoux, poursuivit M. Alphonse, comment trouvez-vous ceci ? Voici l'anneau que je lui donnerai demain. »

En parlant ainsi, il tirait de la première phalange de son petit doigt une grosse bague enrichie de diamants, et formée de deux mains entrelacées ; allusion qui me parut infiniment poétique. Le travail en était ancien, mais je jugeai qu'on l'avait retouchée pour enchâsser les diamants. Dans l'intérieur de la bague se lisaient ces mots en lettres gothiques [4] : *Sempr' ab ti*, c'est-à-dire, toujours avec toi.

« C'est une jolie bague, lui dis-je ; mais ces diamants ajoutés lui ont fait perdre un peu de son caractère.

— Oh ! elle est bien plus belle comme cela, répondit-

---

1. Étude de l'histoire des individus. Elle importe, dans le cas des chevaux, à leur sélection.
2. Fiancée.
3. Mérimée veut dire que dans l'esprit grossier du jeune homme, c'est la jument qui lui rappelle le souvenir de sa future femme.
4. Caractères en usage au Moyen Age, utilisés en Allemagne jusqu'au XIXe siècle.

il en souriant. Il y a là pour douze cents francs de diamants. C'est ma mère qui me l'a donnée. C'était une
bague de famille, très ancienne... du temps de la chevale-
rie. Elle avait servi à ma grand-mère, qui la tenait de la
sienne. Dieu sait quand cela a été fait.

— L'usage à Paris, lui dis-je, est de donner un anneau
tout simple, ordinairement composé de deux métaux différents, comme de l'or et du platine. Tenez, cette autre
bague, que vous avez à ce doigt, serait fort convenable.
Celle-ci, avec ses diamants et ses mains en relief, est si
grosse, qu'on ne pourrait mettre un gant par-dessus.

— Oh ! Mme Alphonse s'arrangera comme elle vou-
dra. Je crois qu'elle sera toujours bien contente de
l'avoir. Douze cents francs au doigt, c'est agréable. Cette
petite bague-là, ajouta-t-il en regardant d'un air de satisfaction l'anneau tout uni qu'il portait à la main, celle-là,
c'est une femme à Paris qui me l'a donnée un jour de
mardi gras. Ah ! comme je m'en suis donné quand
j'étais à Paris[1] il y a deux ans ! C'est là qu'on
s'amuse !... » Et il soupira de regret.

Nous devions dîner ce jour-là à Puygarrig, chez les
parents de la future ; nous montâmes en calèche[2], et
nous nous rendîmes au château, éloigné d'Ille d'environ
une lieue et demie. Je fus présenté et accueilli comme
l'ami de la famille. Je ne parlerai pas du dîner ni de la
conversation qui s'ensuivit, et à laquelle je pris peu de
part. M. Alphonse, placé à côté de sa future, lui disait
un mot à l'oreille tous les quarts d'heure. Pour elle, elle
ne levait guère les yeux, et, chaque fois que son pré-
tendu[3] lui parlait, elle rougissait avec modestie, mais lui
répondait sans embarras.

Mlle de Puygarrig avait dix-huit ans ; sa taille souple
et délicate contrastait avec les formes osseuses de son

----

1. C'est le thème du provincial monté à Paris pour se donner du bon temps.
2. « Voiture à ressort et à quatre roues, fort légère et ordinairement découverte sur le devant » (Littré).
3. Fiancé.

robuste fiancé. Elle était non seulement belle, mais séduisante. J'admirais le naturel parfait de toutes ses réponses ; et son air de bonté, qui pourtant n'était pas exempt d'une légère teinte de malice [1], me rappela, malgré moi, la Vénus de mon hôte. Dans cette comparaison que je fis en moi-même, je me demandais si la supériorité de beauté qu'il fallait bien accorder à la statue ne tenait pas, en grande partie, à son expression de tigresse ; car l'énergie, même dans les mauvaises passions [2], excite toujours en nous un étonnement et une espèce d'admiration involontaire.

« Quel dommage, me dis-je en quittant Puygarrig, qu'une si aimable personne soit riche, et que sa dot la fasse rechercher par un homme indigne d'elle ! »

En revenant à Ille, et ne sachant trop que dire à Mme de Peyrehorade, à qui je croyais convenable d'adresser quelquefois la parole :

« Vous êtes bien esprits forts [3] en Roussillon ! m'écriai-je ; comment, madame, vous faites un mariage un vendredi [4] ! À Paris nous aurions plus de superstition ; personne n'oserait prendre femme un tel jour.

— Mon Dieu ! ne m'en parlez pas, me dit-elle, si cela n'avait dépendu que de moi, certes on eût choisi un autre jour. Mais Peyrehorade l'a voulu, et il a fallu lui céder. Cela me fait de la peine pourtant. S'il arrivait quelque malheur ? Il faut bien qu'il y ait une raison, car enfin pourquoi tout le monde a-t-il peur du vendredi ?

— Vendredi ! s'écria son mari, c'est le jour de Vénus [5] ! Bon jour pour un mariage ! Vous le voyez, mon cher collègue, je ne pense qu'à ma Vénus. D'hon-

---

1. Sens différent de celui expliqué à la note 3, p. 34. Ici synonyme d'espièglerie.
2. Agitations de l'âme.
3. Libres penseurs, tous ceux qui mettent en doute les manifestations du surnaturel.
4. Jour de la mort du Christ où la tradition veut que l'on ne se marie pas.
5. En latin *Veneris dies*, jour de Vénus.

neur[1] ! c'est à cause d'elle que j'ai choisi le vendredi. Demain, si vous voulez, avant la noce, nous lui ferons un petit sacrifice ; nous sacrifierons deux palombes[2], et si je savais où trouver de l'encens...

— Fi donc, Peyrehorade ! interrompit sa femme scandalisée au dernier point. Encenser une idole ! Ce serait une abomination ! Que dirait-on de nous dans le pays ?

— Au moins, dit M. de Peyrehorade, tu me permettras de lui mettre sur la tête une couronne de roses et de lis :

Manibus date lilia plenis[3].

Vous le voyez, monsieur, la Charte[4] est un vain mot. Nous n'avons pas la liberté des cultes ! »

Les arrangements du lendemain furent réglés de la manière suivante. Tout le monde devait être prêt et en toilette à dix heures précises. Le chocolat pris, on se rendrait en voiture à Puygarrig. Le mariage civil devait se faire à la mairie du village, et la cérémonie religieuse dans la chapelle du château. Viendrait ensuite un déjeuner. Après le déjeuner on passerait le temps comme l'on pourrait jusqu'à sept heures. À sept heures, on retournerait à Ille, chez M. de Peyrehorade, où devaient souper les deux familles réunies. Le reste s'ensuit naturellement. Ne pouvant danser, on avait voulu manger le plus possible.

Dès huit heures j'étais assis devant la Vénus, un crayon à la main, recommençant pour la vingtième fois la tête de la statue, sans pouvoir parvenir à en saisir l'expression. M. de Peyrehorade allait et venait autour

---

1. Parole d'honneur.
2. Dans l'Antiquité, les palombes étaient consacrées à Vénus.
3. « Prodiguez des lis à pleines mains » (Virgile, *Enéide*, chant VI, vers 883).
4. Constitution qui remonte à Louis XVIII (1814), elle fut amendée après la révolution de Juillet (1830). Elle voyait dans la religion catholique celle de la majorité des Français, tout en garantissant le principe de la liberté des cultes.

de moi, me donnait des conseils, me répétait ses étymologies phéniciennes ; puis disposait des roses du Bengale [1] sur le piédestal de la statue, et d'un ton tragicomique [2] lui adressait des vœux pour le couple qui allait vivre sous son toit. Vers neuf heures il rentra pour songer à sa toilette, et en même temps parut M. Alphonse, bien serré dans un habit neuf, en gants blancs, souliers vernis, boutons ciselés, une rose à la boutonnière.

« Vous ferez le portrait de ma femme ? me dit-il en se penchant sur mon dessin. Elle est jolie aussi. »

En ce moment commençait, sur le jeu de paume dont j'ai parlé, une partie qui, sur-le-champ, attira l'attention de M. Alphonse. Et moi, fatigué, et désespérant de rendre cette diabolique figure, je quittai bientôt mon dessin pour regarder les joueurs. Il y avait parmi eux quelques muletiers [3] espagnols arrivés de la veille. C'étaient des Aragonais et des Navarrois [4], presque tous d'une adresse merveilleuse. Aussi les Illois, bien qu'encouragés par la présence et les conseils de M. Alphonse, furent-ils assez promptement battus par ces nouveaux champions. Les spectateurs nationaux étaient consternés. M. Alphonse regarda à [5] sa montre. Il n'était encore que neuf heures et demie. Sa mère n'était pas coiffée. Il n'hésita plus : il ôta son habit, demanda une veste, et défia les Espagnols. Je le regardais faire en souriant, et un peu surpris.

« Il faut soutenir l'honneur du pays », dit-il.

Alors je le trouvai vraiment beau. Il était passionné. Sa toilette, qui l'occupait si fort tout à l'heure, n'était

---

1. Variété de roses.
2. Dans ce sens, mélange de tragique et de comique, à l'image des sentiments d'irrespect et de crainte qu'inspire la statue à l'« antiquaire ».
3. Ceux qui conduisaient, à travers les cols des Pyrénées, les mulets, seul moyen de transport dans la montagne. C'est par eux que s'effectuait le commerce entre la France et l'Espagne dans cette région.
4. Habitants de l'Aragon et de la Navarre. L'Espagne — on devrait plus justement dire les Espagnes — a conservé plus fortement et plus longuement que la France, de vifs particularismes régionaux.
5. Forme vieillie pour : « regarda sa montre ».

Joueur de paume. Lithographie de Thomas, début du XIXe siècle.
Photo Roger-Viollet

plus rien pour lui. Quelques minutes avant il eût craint de tourner la tête de peur de déranger sa cravate. Maintenant il ne pensait plus à ses cheveux frisés ni à son jabot [1] si bien plissé. Et sa fiancée ?... Ma foi, si cela eût été nécessaire, il aurait, je crois, fait ajourner [2] le mariage. Je le vis chausser à la hâte une paire de sandales, retrousser ses manches, et, d'un air assuré, se mettre à la tête du parti vaincu, comme César ralliant ses soldats à Dyrrachium [3]. Je sautai la haie, et me plaçai commodément à l'ombre d'un micocoulier [4], de façon à bien voir les deux camps.

Contre l'attente générale, M. Alphonse manqua la première balle ; il est vrai qu'elle vint rasant la terre et lancée avec une force surprenante par un Aragonais qui paraissait être le chef des Espagnols.

---

1. « Ornement de mousseline ou de dentelle, attaché à la fente de la chemise des hommes, devant la poitrine » (Littré).
2. Remettre à un autre jour.
3. En Illyrie, aujourd'hui Albanie, où Pompée défit César en 48 après Jésus-Christ.
4. Arbre méridional.

C'était un homme d'une quarantaine d'années, sec et nerveux, haut de six pieds [1], et sa peau olivâtre avait une teinte presque aussi foncée que le bronze de la Vénus.

M. Alphonse jeta sa raquette à terre avec fureur.

« C'est cette maudite bague, s'écria-t-il, qui me serre le doigt, et me fait manquer une balle sûre ! »

Il ôta, non sans peine, sa bague de diamants : je m'approchais pour la recevoir ; mais il me prévint [2], courut à la Vénus, lui passa la bague au doigt annulaire [3], et reprit son poste à la tête des Illois.

Il était pâle, mais calme et résolu. Dès lors il ne fit plus une seule faute, et les Espagnols furent battus complètement. Ce fut un beau spectacle que l'enthousiasme des spectateurs : les uns poussaient mille cris de joie en jetant leurs bonnets en l'air ; d'autres lui serraient les mains, l'appelant l'honneur du pays. S'il eût repoussé une invasion, je doute qu'il eût reçu des félicitations plus vives et plus sincères. Le chagrin des vaincus ajoutait encore à l'éclat de sa victoire.

« Nous ferons d'autres parties, mon brave, dit-il à l'Aragonais d'un ton de supériorité ; mais je vous rendrai des points [4]. »

J'aurais désiré que M. Alphonse fût plus modeste, et je fus presque peiné de l'humiliation de son rival.

Le géant espagnol ressentit profondément cette insulte. Je le vis pâlir sous sa peau basanée. Il regardait d'un air morne sa raquette en serrant les dents ; puis, d'une voix étouffée, il dit tout bas : *Me lo pagarás* [5].

La voix de M. de Peyrehorade troubla le triomphe de son fils ; mon hôte, fort étonné de ne point le trouver

---

1. Un peu plus d'un mètre quatre-vingts.
2. Devança.
3. Le doigt où se passe l'anneau.
4. Je vous accorderai des points d'avance, en raison de ma supériorité, afin d'équilibrer la partie.
5. « Tu me le paieras », en espagnol.

présidant aux apprêts[1] de la calèche neuve, le fut bien plus encore en le voyant tout en sueur, la raquette à la main. M. Alphonse courut à la maison, se lava la figure et les mains, remit son habit neuf et ses souliers vernis, et cinq minutes après nous étions au grand trot sur la route de Puygarrig. Tous les joueurs de paume de la ville et grand nombre de spectateurs nous suivirent avec des cris de joie. À peine les chevaux vigoureux qui nous traînaient pouvaient-ils maintenir leur avance sur ces intrépides Catalans.

Nous étions à Puygarrig, et le cortège allait se mettre en marche pour la mairie, lorsque M. Alphonse, se frappant le front, me dit tout bas :

« Quelle brioche[2] ! J'ai oublié la bague ! Elle est au doigt de la Vénus, que le diable puisse emporter ! Ne le dites pas à ma mère au moins. Peut-être qu'elle ne s'apercevra de rien.

— Vous pourriez envoyer quelqu'un, lui dis-je.

— Bah ! mon domestique est resté à Ille. Ceux-ci, je ne m'y fie guère. Douze cents francs de diamants ! cela pourrait en tenter plus d'un. D'ailleurs que penserait-on ici de ma distraction ? Ils se moqueraient trop de moi. Ils m'appelleraient le mari de la statue... Pourvu qu'on ne me la vole pas ! Heureusement que l'idole fait peur à mes coquins. Ils n'osent l'approcher à longueur de bras. Bah ! ce n'est rien ; j'ai une autre bague. »

Les deux cérémonies civile et religieuse s'accomplirent avec la pompe[3] convenable ; et Mlle de Puygarrig reçut l'anneau d'une modiste[4] de Paris, sans se douter que son fiancé lui faisait le sacrifice d'un gage amou-

---

1. Préparatifs.
2. Sottise. Ce mot à la mode à cette époque viendrait d'une tradition observée à l'Opéra de Paris où, lorsqu'un musicien émettait une fausse note, un couac, il payait une amende qui, versée dans un port commun, servait à la fin du mois à l'achat d'une brioche que se partageait l'orchestre.
3. Solennité.
4. Celle qui vend des chapeaux. Dans la société du XIXe siècle, les modistes passaient pour des femmes au cœur tendre.

reux [1]. Puis on se mit à table, où l'on but, mangea, chanta même, le tout fort longuement. Je souffrais pour la mariée de la grosse joie qui éclatait autour d'elle ; pourtant elle faisait meilleure contenance que je ne l'aurais espéré, et son embarras n'était ni de la gaucherie [2] ni de l'affectation [3].

Peut-être le courage vient-il avec les situations difficiles.

Le déjeuner terminé quand il plut à Dieu, il était quatre heures ; les hommes allèrent se promener dans le parc, qui était magnifique, ou regardèrent danser sur la pelouse du château les paysannes de Puygarrig, parées de leurs habits de fête. De la sorte, nous employâmes quelques heures. Cependant les femmes étaient fort empressées autour de la mariée, qui leur faisait admirer sa corbeille [4]. Puis elle changea de toilette, et je remarquai qu'elle couvrit ses beaux cheveux d'un bonnet et d'un chapeau à plumes, car les femmes n'ont rien de plus pressé que de prendre, aussitôt qu'elles le peuvent, les parures que l'usage leur défend de porter quand elles sont encore demoiselles.

Il était près de huit heures quand on se disposa à partir pour Ille. Mais d'abord eut lieu une scène pathétique. La tante de Mlle de Puygarrig, qui lui servait de mère, femme très âgée et fort dévote [5], ne devait point aller avec nous à la ville. Au départ, elle fit à sa nièce un sermon touchant sur ses devoirs d'épouse, duquel sermon résulta un torrent de larmes et des embrassements sans fin. M. de Peyrehorade comparait cette séparation

---

1. Alphonse n'a aucun scrupule à offrir à son épouse l'anneau qu'une autre femme lui a donné.
2. Maladresse.
3. Manque de naturel.
4. A l'origine, les cadeaux faits à la mariée étaient placés dans une corbeille ; par suite, ensemble des cadeaux reçus.
5. Qui pratique rigoureusement, voire excessivement la religion.

à l'enlèvement des Sabines [1]. Nous partîmes pourtant, et, pendant la route, chacun s'évertua pour distraire la mariée et la faire rire ; mais ce fut en vain.

À Ille, le souper nous attendait, et quel souper ! Si la grosse joie du matin m'avait choqué, je le fus bien davantage des équivoques [2] et des plaisanteries dont le marié et la mariée surtout furent l'objet. Le marié, qui avait disparu un instant avant de se mettre à table, était pâle et d'un sérieux de glace. Il buvait à chaque instant du vieux vin de Collioure [3] presque aussi fort que de l'eau-de-vie. J'étais à côté de lui, et me crus obligé de l'avertir :

« Prenez garde ! on dit que le vin... »

Je ne sais quelle sottise je lui dis pour me mettre à l'unisson des convives.

Il me poussa le genou, et très bas il me dit :

« Quand on se lèvera de table..., que je puisse vous dire deux mots. »

Son ton solennel me surprit. Je le regardai plus attentivement, et je remarquai l'étrange altération de ses traits [4].

« Vous sentez-vous indisposé ? lui demandai-je.

— Non. »

Et il se remit à boire.

Cependant, au milieu des cris et des battements de mains, un enfant de onze ans, qui s'était glissé sous la table, montrait aux assistants un joli ruban blanc et rose qu'il venait de détacher de la cheville de la mariée. On appelle cela sa jarretière. Elle fut aussitôt coupée par morceaux et distribuée aux jeunes gens, qui en ornèrent leur boutonnière, suivant un antique usage qui se

---

1. Épisode de l'histoire légendaire de Rome (VIIIe siècle avant Jésus-Christ), au cours duquel les Romains, qui manquaient de femmes, s'emparèrent de jeunes filles appartenant au peuple voisin des Sabins.
2. Paroles à double sens, le plus souvent en liaison avec la sexualité.
3. Port des Pyrénées-Orientales dont le vin rouge est estimé.
4. Modification, dans le sens de la dégradation, des traits du visage.

conserve encore dans quelques familles patriarcales [1]. Ce fut pour la mariée une occasion de rougir jusqu'au blanc des yeux. Mais son trouble fut au comble lorsque M. de Peyrehorade, ayant réclamé le silence, lui chanta quelques vers catalans, impromptu [2], disait-il. En voici le sens, si je l'ai bien compris :

« Qu'est-ce donc, mes amis ? Le vin que j'ai bu me fait-il voir double ? Il y a deux Vénus ici... »

Le marié tourna brusquement la tête d'un air effaré, qui fit rire tout le monde.

« Oui, poursuivit M. de Peyrehorade, il y a deux Vénus sous mon toit. L'une, je l'ai trouvée dans la terre comme une truffe ; l'autre, descendue des cieux, vient de nous partager sa ceinture [3]. »

Il voulait dire sa jarretière.

« Mon fils, choisis de la Vénus romaine ou de la catalane celle que tu préfères. Le maraud [4] prend la catalane, et sa part est la meilleure. La romaine est noire, la catalane est blanche. La romaine est froide, la catalane enflamme tout ce qui l'approche. »

Cette chute [5] excita un tel hourra, des applaudissements si bruyants et des rires si sonores, que je crus que le plafond allait nous tomber sur la tête. Autour de la table il n'y avait que trois visages sérieux, ceux des mariés et le mien. J'avais un grand mal de tête ; et puis, je ne sais pourquoi, un mariage m'attriste toujours, celui-ci, en outre, me dégoûtait un peu.

Les derniers couplets ayant été chantés par l'adjoint du maire, et ils étaient fort lestes [6], je dois le dire, on passa dans le salon pour jouir du départ de la mariée,

---

1. Où la puissance du père s'excerce fortement.
2. A la manière d'un impromptu, c'est-à-dire affectant d'être improvisés.
3. Ceinture à laquelle était attaché le don de plaire.
4. Grossier personnage.
5. Manière d'achever une anecdote, une histoire.
6. Ils touchaient aux choses du sexe.

qui devait être bientôt conduite à sa chambre, car il était près de minuit.

M. Alphonse me tira dans l'embrasure d'une fenêtre, et me dit en détournant les yeux :

« Vous allez vous moquer de moi... Mais je ne sais ce que j'ai... je suis ensorcelé ! le diable m'emporte ! »

La première pensée qui me vint fut qu'il se croyait menacé de quelque malheur du genre de ceux dont parlent Montaigne et Mme de Sévigné [1] : « Tout l'empire amoureux est plein d'histoires tragiques », etc.

Je croyais que ces sortes d'accidents n'arrivaient qu'aux gens d'esprit, me dis-je à moi-même [2].

« Vous avez trop bu de vin de Collioure, mon cher monsieur Alphonse, lui dis-je. Je vous avais prévenu.

— Oui, peut-être. Mais c'est quelque chose de bien plus terrible. »

Il avait la voix entrecoupée. Je le crus tout à fait ivre.

« Vous savez bien, mon anneau ? poursuivit-il après un silence.

— Eh bien ! on l'a pris ?

— Non.

— En ce cas, vous l'avez ?

— Non... je... je ne puis l'ôter du doigt de cette diable de Vénus.

— Bon ! vous n'avez pas tiré assez fort.

— Si fait... Mais la Vénus... elle a serré le doigt. »

Il me regardait fixement d'un air hagard, s'appuyant à l'espagnolette [3] pour ne pas tomber.

« Quel conte ! lui dis-je. Vous avez trop enfoncé

---

1. Montaigne dans ses *Essais*, et après lui Mme de Sévigné dans ses *Lettres*, s'arrêtent longuement au cas d'hommes frappés d'impuissance, ce qu'on appelait alors « nouement d'aiguillettes » et qu'on attribuait parfois à un sort jeté par un sorcier.
2. Le narrateur se fait l'écho d'un préjugé populaire selon lequel la puissance sexuelle est plus grande chez ceux qui travaillent de leurs mains, tandis que les intellectuels seraient plus facilement victimes de défaillances dans ce domaine.
3. Poignée de la fenêtre.

l'anneau. Demain vous l'aurez avec des tenailles. Mais prenez garde de gâter [1] la statue.

— Non, vous dis-je. Le doigt de la Vénus est retiré [2], reployé [3] ; elle serre la main, m'entendez-vous [4] ?... C'est ma femme, apparemment, puisque je lui ai donné mon anneau... Elle ne veut plus le rendre. »

J'éprouvai un frisson subit, et j'eus un instant la chair de poule. Puis, un grand soupir qu'il fit m'envoya une bouffée de vin, et toute émotion disparut.

Le misérable, pensai-je, est complètement ivre.

« Vous êtes antiquaire, monsieur, ajouta le marié d'un ton lamentable ; vous connaissez ces statues-là... il y a peut-être quelque ressort, quelque diablerie, que je ne connais point... Si vous alliez voir ?

— Volontiers, dis-je. Venez avec moi.

— Non, j'aime mieux que vous y alliez seul. »

Je sortis du salon.

Le temps avait changé pendant le souper, et la pluie commençait à tomber avec force. J'allais demander un parapluie, lorsqu'une réflexion m'arrêta. Je serais un bien grand sot, me dis-je, d'aller vérifier ce que m'a dit un homme ivre ! Peut-être, d'ailleurs, a-t-il voulu me faire quelque méchante plaisanterie pour apprêter à rire [5] à ces honnêtes provinciaux ; et le moins qu'il puisse m'en arriver, c'est d'être trempé jusqu'aux os et d'attraper un bon rhume.

De la porte je jetai un coup d'œil sur la statue ruisselante d'eau, et je montai dans ma chambre sans rentrer dans le salon. Je me couchai ; mais le sommeil fut long à venir. Toutes les scènes de la journée se représentaient à mon esprit. Je pensais à cette jeune fille si belle et si pure abandonnée à un ivrogne brutal. Quelle odieuse

---

1. Abîmer.
2. Recourbé.
3. Replié.
4. « Me comprenez-vous ? »
5. Donner à rire.

chose, me disais-je, qu'un mariage de convenance ! Un maire revêt une écharpe tricolore, un curé une étole, et voilà la plus honnête fille du monde livrée au Minotaure [1]. Deux êtres qui ne s'aiment pas, que peuvent-ils se dire dans un pareil moment, que deux amants achèteraient au prix de leur existence ? Une femme peut-elle jamais aimer un homme qu'elle aura vu grossier [2] une fois ? Les premières impressions ne s'effacent pas, et j'en suis sûr, ce M. Alphonse méritera bien d'être haï...

Durant mon monologue, que j'abrège beaucoup, j'avais entendu force allées et venues dans la maison, les portes s'ouvrir et se fermer, des voitures partir ; puis il me semblait avoir entendu sur l'escalier les pas légers de plusieurs femmes se dirigeant vers l'extrémité du corridor opposé à ma chambre. C'était probablement le cortège de la mariée qu'on menait au lit. Ensuite on avait redescendu l'escalier. La porte de Mme de Peyrehorade s'était fermée. Que cette pauvre fille, me dis-je, doit être troublée et mal à son aise ! Je me tournais dans mon lit de mauvaise humeur. Un garçon joue un sot rôle dans une maison où s'accomplit un mariage.

Le silence régnait depuis quelque temps lorsqu'il fut troublé par des pas lourds qui montaient l'escalier. Les marches de bois craquèrent fortement.

« Quel butor [3] ! m'écriai-je. Je parie qu'il va tomber dans l'escalier. »

Tout redevint tranquille. Je pris un livre pour changer

---

1. Dans la mythologie grecque, monstre à tête de taureau et à corps d'homme pour lequel Minos fit construire le Labyrinthe à l'architecture enchevêtrée, où seul Dédale parvenait à retrouver son chemin. Chaque année (ou tous les trois ans, selon d'autres traditions), sept jeunes gens et sept jeunes filles lui étaient donnés en pâture en vertu d'un tribut imposé à la ville d'Athènes.

2. Grossier est ici un euphémisme, c'est-à-dire une atténuation de la manière de s'exprimer qui s'imposait en la circonstance. Mérimée veut en effet faire partager au lecteur l'inquiétude causée par le comportement brutal que ne manquera pas d'avoir Alphonse, dans la chambre conjugale avec son épouse vierge.

3. Homme grossier. Le butor est un gros oiseau qui vit dans les marécages. Sauvage — il ne peut être apprivoisé —, il est toutefois moins stupide qu'on ne l'a cru.

le cours de mes idées. C'était une statistique du département[1], ornée d'un mémoire de M. de Peyrehorade sur les monuments druidiques[2] de l'arrondissement de Prades. Je m'assoupis à la troisième page.

Je dormis mal et me réveillai plusieurs fois. Il pouvait être cinq heures du matin, et j'étais éveillé depuis plus de vingt minutes lorsque le coq chanta. Le jour allait se lever. Alors j'entendis distinctement les mêmes pas lourds, le même craquement de l'escalier que j'avais entendus avant de m'endormir. Cela me parut singulier. J'essayai, en bâillant, de deviner pourquoi M. Alphonse se levait si matin. Je n'imaginais rien de vraisemblable. J'allais refermer les yeux lorsque mon attention fut de nouveau excitée par des trépignements étranges auxquels se mêlèrent bientôt le tintement des sonnettes et le bruit de portes qui s'ouvraient avec fracas, puis je distinguai des cris confus.

Mon ivrogne aura mis le feu quelque part ! pensais-je en sautant à bas de mon lit.

Je m'habillai rapidement et j'entrai dans le corridor. De l'extrémité opposée partaient des cris et des lamentations, et une voix déchirante dominait toutes les autres : « Mon fils ! mon fils ! » Il était évident qu'un malheur était arrivé à M. Alphonse. Je courus à la chambre nuptiale : elle était pleine de monde. Le premier spectacle qui frappa ma vue fut le jeune homme à demi vêtu, étendu en travers sur le lit dont le bois[3] était brisé. Il était livide, sans mouvement. Sa mère pleurait et criait à côté de lui. M. de Peyrehorade s'agitait, lui frottait les tempes avec de l'eau de Cologne, ou lui mettait des sels sous le nez. Hélas ! depuis longtemps son fils était mort. Sur un canapé, à l'autre bout de la chambre, était la mariée, en proie à d'horribles convulsions. Elle poussait

---

1. Genre de publication en vogue au XIXe siècle, qui fournissait tous les renseignements géographiques, démographiques et économiques nécessaires.
2. De l'époque des druides, prêtres des anciens Gaulois.
3. Les traverses de bois sur lesquelles repose le matelas.

des cris inarticulés, et deux robustes servantes avaient toutes les peines du monde à la contenir.

« Mon Dieu ! m'écriai-je, qu'est-il donc arrivé ? »

Je m'approchai du lit et soulevai le corps du malheureux jeune homme ; il était déjà roide et froid. Ses dents serrées et sa figure noircie exprimaient les plus affreuses angoisses. Il paraissait assez que sa mort avait été violente et son agonie [1] terrible. Nulle trace de sang cependant sur ses habits. J'écartai sa chemise et vis sur sa poitrine une empreinte livide qui se prolongeait sur les côtes et le dos. On eût dit qu'il avait été étreint dans un cercle de fer. Mon pied posa sur quelque chose de dur qui se trouvait sur le tapis ; je me baissai et vis la bague de diamants.

J'entraînai M. de Peyrehorade et sa femme dans leur chambre ; puis j'y fis porter la mariée. « Vous avez encore une fille, leur dis-je, vous lui devez vos soins. » Alors je les laissai seuls.

Il ne me paraissait pas douteux que M. Alphonse n'eût été victime d'un assassinat dont les auteurs avaient trouvé moyen de s'introduire la nuit dans la chambre de la mariée. Ces meurtrissures à la poitrine, leur direction circulaire m'embarrassaient beaucoup pourtant, car un bâton ou une barre de fer n'aurait pu les produire. Tout d'un coup je me souvins d'avoir entendu dire qu'à Valence des braves [2] se servaient de longs sacs de cuir remplis de sable fin pour assommer les gens dont on leur avait payé la mort. Aussitôt je me rappelai le muletier aragonais et sa menace ; toutefois j'osais à peine penser qu'il eût tiré une si terrible vengeance d'une plaisanterie légère.

J'allais dans la maison, cherchant partout des traces

---

1. L'agonie est proprement le combat pour la vie de celui qui est en train de mourir. Pour les chrétiens c'est aussi l'heure où Satan s'efforce de séduire l'âme qui s'apprête à quitter le corps.

2. Les tueurs à gages (en italien, *bravi*). Ce mot a vécu en français de la Renaissance au XIXe siècle.

d'effraction, et n'en trouvant nulle part. Je descendis dans le jardin pour voir si les assassins avaient pu s'introduire de ce côté ; mais je ne trouvai aucun indice certain. La pluie de la veille avait d'ailleurs tellement détrempé le sol, qu'il n'aurait pu garder d'empreinte bien nette. J'observai pourtant quelques pas profondément imprimés dans la terre : il y en avait dans deux directions contraires, mais sur une même ligne, partant de l'angle de la haie contiguë au jeu de paume et aboutissant à la porte de la maison. Ce pouvait être les pas de M. Alphonse lorsqu'il était allé chercher son anneau au doigt de la statue. D'un autre côté, la haie, en cet endroit, étant moins fourrée [1] qu'ailleurs, ce devait être sur ce point que les meurtriers l'auraient franchie. Passant et repassant devant la statue, je m'arrêtai un instant pour la considérer. Cette fois, je l'avouerai, je ne pus contempler sans effroi son expression de méchanceté ironique ; et, la tête toute pleine des scènes horribles dont je venais d'être le témoin, il me sembla voir une divinité infernale applaudissant au malheur qui frappait cette maison.

Je regagnai ma chambre et j'y restai jusqu'à midi. Alors je sortis et demandai des nouvelles de mes hôtes. Ils étaient un peu plus calmes. Mlle de Puygarrig, je devrais dire la veuve de M. Alphonse, avait repris connaissance. Elle avait même parlé au procureur [2] du roi de Perpignan, alors en tournée à Ille, et ce magistrat avait reçu sa déposition. Il me demanda la mienne. Je lui dis ce que je savais, et ne lui cachai pas mes soupçons contre le muletier aragonais. Il ordonna qu'il fût arrêté sur-le-champ.

« Avez-vous appris quelque chose de Mme Al-

---

1. Dense.
2. Ce représentant officiel de la société est présent en raison du mystère qui entoure la mort violente d'Alphonse et aussi à cause de l'importance de la famille concernée.

59

phonse ? » demandai-je au procureur du roi, lorsque ma déposition fut écrite et signée.

« Cette malheureuse jeune personne est devenue folle, me dit-il en souriant tristement. Folle ! tout à fait folle. Voici ce qu'elle conte :

Elle était couchée, dit-elle, depuis quelques minutes, les rideaux tirés, lorsque la porte de sa chambre s'ouvrit, et quelqu'un entra. Alors Mme Alphonse était dans la ruelle [1] du lit, la figure tournée vers la muraille. Elle ne fit pas un mouvement, persuadée que c'était son mari. Au bout d'un instant, le lit cria comme s'il était chargé d'un poids énorme. Elle eut grand'peur, mais n'osa pas tourner la tête. Cinq minutes, dix minutes peut-être... elle ne peut se rendre compte du temps, se passèrent de la sorte. Puis elle fit un mouvement involontaire, ou bien la personne qui était dans le lit en fit un, et elle sentit le contact de quelque chose de froid comme la glace, ce sont ses expressions. Elle s'enfonça dans la ruelle, tremblant de tous ses membres. Peu après, la porte s'ouvrit une seconde fois, et quelqu'un entra, qui dit : Bonsoir, ma petite femme. Bientôt après on tira les rideaux. Elle entendit un cri étouffé. La personne qui était dans le lit, à côté d'elle, se leva sur son séant [2] et parut étendre les bras en avant. Elle tourna la tête alors... et vit, dit-elle, son mari à genoux auprès du lit, la tête à la hauteur de l'oreiller, entre les bras d'une espèce de géant verdâtre qui l'étreignait avec force. Elle dit, et m'a répété vingt fois, pauvre femme !... elle dit qu'elle a reconnu... devinez-vous ? La Vénus de bronze, la statue de M. de Peyrehorade... Depuis qu'elle est dans le pays, tout le monde en rêve. Mais je reprends le récit de la malheureuse folle. À ce spectacle, elle perdit connaissance, et probablement depuis quelques instants elle avait perdu la raison. Elle

---

1. Espace compris entre le mur et le lit pris dans sa longueur. La jeune femme est sans doute assise sur le lit.
2. S'assit, à partir de la position allongée. Le séant, ce sont les fesses.

ne peut en aucune façon dire combien de temps elle demeura évanouie. Revenue à elle, elle revit le fantôme, ou la statue, comme elle dit toujours, immobile, les jambes et le bas du corps dans le lit, le buste et les bras étendus en avant, et entre ses bras son mari, sans mouvement. Un coq chanta. Alors la statue sortit du lit, laissa tomber le cadavre et sortit. Mme Alphonse se pendit à la sonnette, et vous savez le reste. »

On amena l'Espagnol ; il était calme, et se défendit avec beaucoup de sang-froid et de présence d'esprit. Du reste, il ne nia pas le propos que j'avais entendu ; mais il l'expliquait, prétendant qu'il n'avait voulu dire autre chose, sinon que le lendemain, reposé qu'il serait, il aurait gagné une partie de paume à son vainqueur. Je me rappelle qu'il ajouta :

« Un Aragonais, lorsqu'il est outragé, n'attend pas au lendemain pour se venger. Si j'avais cru que M. Alphonse eût voulu m'insulter, je lui aurais sur-le-champ donné de mon couteau dans le ventre. »

On compara ses souliers avec les empreintes de pas dans le jardin ; ses souliers étaient beaucoup plus grands.

Enfin l'hôtelier chez qui cet homme était logé assura qu'il avait passé toute la nuit à frotter et à médicamenter un de ses mulets qui était malade.

D'ailleurs cet Aragonais était un homme bien famé [1], fort connu dans le pays, où il venait tous les ans pour son commerce. On le relâcha donc en lui faisant des excuses.

J'oubliais la déposition d'un domestique qui le dernier avait vu M. Alphonse vivant. C'était au moment qu'il allait monter chez sa femme, et, appelant cet homme, il lui demanda d'un air d'inquiétude s'il savait où j'étais. Le domestique répondit qu'il ne m'avait point vu. Alors M. Alphonse fit un soupir et resta plus d'une minute sans parler, puis il dit : « Allons ! le diable l'aura emporté aussi ! »

---

1. De bonne réputation (du latin *fama*, réputation).

Je demandai à cet homme si M. Alphonse avait sa bague de diamants lorsqu'il lui parla. Le domestique hésita pour répondre ; enfin il dit qu'il ne le croyait pas, qu'il n'y avait fait au reste aucune attention. « S'il avait eu cette bague au doigt, ajouta-t-il en se reprenant, je l'aurais sans doute remarquée, car je croyais qu'il l'avait donnée à Mme Alphonse. »

En questionnant cet homme je ressentais un peu de la terreur superstitieuse que la déposition de Mme Alphonse avait répandue dans toute la maison. Le procureur du roi me regarda en souriant, et je me gardai bien d'insister.

Quelques heures après les funérailles de M. Alphonse, je me disposai à quitter Ille. La voiture de M. de Peyrehorade devait me conduire à Perpignan. Malgré son état de faiblesse, le pauvre vieillard voulut m'accompagner jusqu'à la porte de son jardin. Nous le traversâmes en silence, lui se traînant à peine, appuyé sur mon bras. Au moment de nous séparer, je jetai un dernier regard sur la Vénus. Je prévoyais bien que mon hôte, quoiqu'il ne partageât point les terreurs et les haines qu'elle inspirait à une partie de sa famille, voudrait se défaire d'un objet qui lui rappellerait sans cesse un malheur affreux. Mon intention était de l'engager à la placer dans un musée. J'hésitais pour entrer en matière, quand M. de Peyrehorade tourna machinalement la tête du côté où il me voyait regarder fixement. Il aperçut la statue et aussitôt fondit en larmes. Je l'embrassai, et, sans oser lui dire un seul mot, je montai dans la voiture.

Depuis mon départ je n'ai point appris que quelque jour [1] nouveau soit venu éclairer cette mystérieuse catastrophe [2].

M. de Peyrehorade mourut quelques mois après son fils. Par son testament il m'a légué ses manuscrits, que

---

1. Quelque éclaircissement.
2. Dénouement d'une pièce de théâtre ou d'un récit.

je publierai peut-être un jour. Je n'y ai point trouvé le mémoire relatif aux inscriptions de la Vénus.

P.-S. Mon ami M. de P. vient de m'écrire de Perpignan que la statue n'existe plus. Après la mort de son mari, le premier soin de Mme de Peyrehorade fut de la faire fondre en cloche, et sous cette nouvelle forme elle sert à l'église d'Ille. Mais, ajoute M. de P., il semble qu'un mauvais sort poursuive ceux qui possèdent ce bronze. Depuis que cette cloche sonne à Ille, les vignes ont gelé deux fois.

La Partie de trictrac

PRÉSENTATION

Des voyageurs sur un navire encalminé qui s'ennuient, des marins qui content, pour la centième fois, la même histoire, et, parmi les auditeurs, celui qui, pour nous, écoute et choisit de rapporter celle qui l'a le plus frappé. Il est vrai qu'autant son voyage est paisible et ennuyeux, autant celui qui coûta la vie à Roger, le héros malheureux, fut tragique. Le lien entre le passé et le présent est fait par l'unité de lieu, la mer et ceux qui la hantent, et par la personnalité du conteur, hier, au moment des faits, jeune enseigne, aujourd'hui commandant du bateau.

Riche d'actions, tantôt drôle et tantôt violente, la nouvelle de Mérimée suit le destin pas à pas. Sa roue de fortune tourne et broie le héros, Roger. Son prénom est celui d'un personnage célèbre dans la littérature, l'amoureux de Bradamante dans le *Roland furieux* de L'Arioste. Mais Roger appartient à son temps, celui des guerres napoléoniennes. Avant la Révolution, il n'eût pu embrasser la carrière d'officier de marine : n'est-il pas enfant naturel ? Vers 1812, il peut rêver de s'illustrer dans les batailles navales. En attendant, il est en garnison à l'extrême ouest de la France, dans cette ville de Brest qui appartient toute entière aux marins et aux soldats.

Les guerriers se reposent en attendant l'ordre d'appareiller. Une comédienne peu farouche apparaît. Roger la conquiert de haute lutte, non par la pension généreuse que lui verse son père, mais en risquant sa vie, dans l'un de ses duels élargis en bagarre générale où toute la vigueur des jeunes gens se déchaîne. Gabrielle est une fausse femme fatale. Après quelques péripéties, alors que Roger a cru mourir d'amour, elle se coule de bonne grâce dans la peau douce de celle qui rend heureux.

L'histoire eût pu s'arrêter là, sur cet instantané rose, un peu mièvre, dans la vie de ménage où le lieutenant verse dans le pot commun de quoi satisfaire à la fierté et aux besoins de celle qui l'aime. Mais survient un joueur hollandais, une interminable partie de trictrac à épisode, qui menace Roger de ruine. Roger triche et Roger meurt d'avoir triché. Ni la tendresse de Gabrielle, ni l'amicale sollicitude du narrateur, son ami fidèle jusqu'à la mort, n'y pourront rien.

Sur cette trame belle et pure, Mérimée a construit un récit dépouillé, hanté de bout en bout par la figure du destin et du temps qui passe. L'ami qui, quinze ans plus tôt, promettait à Roger de le précipiter agonisant dans les flots, expédie maintenant la fin de son histoire pour chasser une baleine qui passe à portée du vaisseau. Et cependant il n'a pas oublié, farouche gardien du poignard de l'ami disparu, ce poignard vierge du sang de l'infidèle Gabrielle et témoin de la mort de Roger.

Michel SIMONIN.

Les voiles sans mouvement pendaient collées contre les mâts ; la mer était unie comme une glace ; la chaleur était étouffante, le calme désespérant.

Dans un voyage sur mer, les ressources d'amusement que peuvent offrir les hôtes[1] d'un vaisseau sont bientôt épuisées. On se connaît trop bien, hélas ! lorsqu'on a passé quatre mois ensemble dans une maison de bois longue de cent vingt pieds[2]. Quand vous voyez venir le premier lieutenant, vous savez d'abord qu'il vous parlera de Rio-de-Janeiro[3], d'où il vient ; puis du fameux pont d'Essling qu'il a vu faire par les marins de la garde[4], dont il faisait partie. Au bout de quinze jours, vous connaissez jusqu'aux expressions qu'il affectionne, jusqu'à la ponctuation de ses phrases, aux différentes intonations de sa voix. Quand jamais a-t-il manqué de s'arrêter tristement après avoir prononcé pour la première fois dans son récit ce mot, *l'empereur*... « Si vous l'aviez vu alors ! ! ! » (trois points d'admiration) ajoute-t-il invariablement. Et l'épisode du cheval du trompette[5]

---

1. Les hôtes sont aussi bien ceux qui reçoivent que ceux qui sont reçus.
2. Ancienne mesure de longueur qui équivaut à 32,5 cm. La taille du « vaisseau » sur lequel est embarqué le narrateur est donc d'environ 39 mètres.
3. Ancienne capitale du Brésil et aujourd'hui encore la principale ville du pays. Avant le percement du canal de Panama, ce port était une étape importante pour les navires descendant l'Atlantique Sud en direction du cap Horn.
4. Les marins de la garde impériale.
5. L'homme chargé de sonner de la trompette.

et le boulet qui ricoche et qui emporte une giberne [1], où il y avait pour sept mille cinq cents francs en or et en bijoux, etc. etc. ! — Le second lieutenant est un grand politique ; il commente tous les jours le dernier numéro du *Constitutionnel* [2], qu'il a emporté de Brest [3] ; ou s'il quitte les sublimités [4] de la politique pour descendre à la littérature, il vous régalera du dernier vaudeville [5] qu'il a vu jouer. Grand Dieu !... Le commissaire de marine [6] possédait une histoire bien intéressante. Comme il nous enchanta la première fois qu'il nous raconta son évasion du ponton de Cadix [7] ! mais à la vingtième répétition, ma foi l'on n'y pouvait plus tenir... — Et les enseignes, et les aspirants [8] !... Le souvenir de leurs conversations me fait dresser les cheveux à la tête. Quant au capitaine, généralement c'est le moins ennuyeux du bord. En sa

---

1. Boîte recouverte de cuir dans laquelle les soldats rangeaient leurs cartouches et, comme on le voit ici, leurs biens les plus précieux ou encore ceux qui provenaient de pillages. La somme en cause et la présence de bijoux font plutôt penser à la seconde hypothèse.

2. *Le Constitutionnel* est, sous la Restauration, l'organe de l'opposition libérale et anticléricale ; il est lu dans la moyenne bourgeoisie, dans les cabarets et dans les cabinets de lecture. Son tirage est très élevé.

3. Brest passe à cette époque pour être la rade la plus sûre du monde, dans laquelle 200 vaisseaux de guerre peuvent trouver un excellent mouillage. Les rues de la ville — presque complètement détruite au cours de la Seconde Guerre mondiale — sont alors étroites, mais droites. Pierre Mac Orlan dans *L'Ancre de Miséricorde* a fort bien rendu l'atmosphère du lieu à la fin du XVIIIe siècle, quelques années avant le moment où se situe ce récit.

4. Au sens propre, la qualité de ce qui est placé en haut. L'emploi est, dans cet exemple, ironique. L'écrivain Mérimée ne pouvait accepter que la littérature fût placée plus bas que la politique dont le second lieutenant n'était guère au reste à même de juger en raison de son métier.

5. Pièce de théâtre dont le dialogue est entremêlé de couplets faits sur des airs de vaudeville, c'est-à-dire des chansons de circonstance qui courent par la ville.

6. L'officier chargé de l'administration, de l'équipement du vaisseau et de la solde de l'équipage.

7. Dix à douze mille prisonniers français furent parqués sur huit pontons dans la rade de Cadix en Espagne après la chute de Bailén (22 juillet 1808). Nombreux furent ceux qui tentèrent de s'enfuir.

8. L'*enseigne* était alors l'officier de grade le moins élevé dans la marine ; on a ensuite substitué à ce titre celui de lieutenant de frégate ; l'*aspirant* est celui qui se prépare à devenir officier sans l'être encore.

qualité de commandant despotique [1], il se trouve en état d'hostilité secrète contre tout l'état-major [2] ; il vexe [3], il opprime quelquefois, mais il y a un certain plaisir à pester contre lui. S'il a quelque manie fâcheuse pour ses subordonnés, on a le plaisir de voir son supérieur ridicule, et cela console un peu.

A bord du vaisseau sur lequel j'étais embarqué, les officiers étaient les meilleures gens du monde, tous bons diables [4], s'aimant comme des frères, mais s'ennuyant à qui mieux mieux. Le capitaine était le plus doux des hommes, point tracassier (ce qui est une rareté). C'était toujours à regret qu'il faisait sentir son autorité dictatoriale. Pourtant que le voyage me parut long ! surtout ce calme [5] qui nous prit quelques jours seulement avant de voir la terre !...

Un jour, après le dîner, que le désœuvrement nous avait fait prolonger aussi longtemps qu'il était humainement possible, nous étions tous rassemblés sur le pont, attendant le spectacle monotone mais toujours majestueux d'un coucher de soleil en mer. Les uns fumaient, d'autres relisaient pour la vingtième fois un des trente volumes de notre triste bibliothèque ; tous bâillaient à pleurer. Un enseigne assis à côté de moi s'amusait, avec toute la gravité digne d'une occupation sérieuse, à laisser tomber, la pointe en bas, sur les planches du tillac [6], le poignard que les officiers de marine portent ordinairement en petite tenue [7]. C'est un amusement comme un autre, et qui exige de l'adresse pour que la pointe se

_____

1. Qui se conduit comme un despote, c'est-à-dire comme un prince jouissant d'une autorité arbitraire et souveraine.

2. L'ensemble des officiers du navire.

3. Il cause des tourments. Le sens est différent de l'usage d'aujourd'hui.

4. Expression à la mode au XIXᵉ siècle, dont l'équivalent contemporain serait « braves types », « bons garçons ».

5. Dans le vocabulaire nautique, période pendant laquelle le vent ne souffle pas et où les navires à voile n'avancent pas.

6. Synonyme technique de « pont ».

7. La *petite tenue* est celle exigée chez les militaires pour le service ordinaire, par opposition à la *grande tenue* de rigueur pour les parades et les cérémonies.

pique bien perpendiculairement dans le bois. Désirant faire comme l'enseigne, et n'ayant point de poignard à moi, je voulus emprunter celui du capitaine, mais il me refusa [1]. Il tenait singulièrement [2] à cette arme, et même il aurait été fâché de la voir servir à un amateur aussi futile. Autrefois ce poignard avait appartenu à un brave officier mort malheureusement [3] dans la dernière guerre [4]... Je devinai qu'une histoire allait suivre, je ne me trompais pas. Le capitaine commença sans se faire prier ; quant aux officiers qui nous entouraient, comme chacun d'eux connaissait par cœur les infortunes du lieutenant Roger, ils firent aussitôt une retraite prudente. Voici à peu près quel fut le récit du capitaine : « Roger, quand je le connus, était plus âgé que moi de trois ans ; il était lieutenant ; moi, j'étais enseigne. Je vous assure que c'était un des meilleurs officiers de l'instruction [5], des talents, en un mot un jeune homme charmant. Il était malheureusement un peu fier et susceptible ; ce qui tenait, je crois, à ce qu'il était enfant naturel, et qu'il craignait que sa naissance ne lui fît perdre de la considération dans le monde ; mais, pour dire la vérité, de tous ses défauts le plus grand c'était un désir violent et continuel de primer partout où il se trouvait. Son père, qu'il n'avait jamais vu, lui faisait une pension qui aurait été bien plus que suffisante pour ses besoins, si Roger n'eût pas été la générosité même. Tout ce qu'il avait était à ses amis. Quand il venait de toucher son trimestre [6], c'était à qui irait le voir avec une figure triste et soucieuse : « Eh

---

1. M'opposa un refus.
2. D'une manière toute particulière. Mérimée utilise les adverbes en -ment en leur donnant toute leur force étymologique.
3. Première attestation dans cette nouvelle du vocabulaire du destin (malheur, bonheur, heureux, augure) qui en forme le thème principal. Ce « brave officier » a succombé sous les coups d'un destin défavorable.
4. La dernière guerre napoléonienne, avant la défaite définitive de Waterloo.
5. De l'ensemble de ceux qui étudiaient l'art de naviguer et de combattre en mer.
6. La pension que son père lui versait par trimestre.

Une frégate. Dessin de Morel-Fatio.

Photo Roger-Viollet

bien ! camarade, qu'as-tu ? demandait-il ; tu m'as l'air de ne pouvoir pas faire grand bruit en frappant sur tes poches ; allons, voici ma bourse, prends ce qu'il te faut, et viens-t'en dîner avec moi. »

« Il vint à Brest une jeune actrice fort jolie, nommée Gabrielle, qui ne tarda pas à faire des conquêtes parmi les marins et les officiers de la garnison. Ce n'était pas une beauté régulière, mais elle avait de la taille [1], de beaux yeux, le pied petit, l'air passablement effronté : tout cela plaît fort quand on est dans les parages de vingt à vingt-cinq ans. On la disait par-dessus le marché la plus capricieuse créature de son sexe, et sa manière de jouer ne démentait pas cette réputation. Tantôt elle jouait à ravir, on eût dit une comédienne du premier ordre ; le lendemain, dans la même pièce, elle était froide, insensible ; elle débitait son rôle comme un enfant récite son catéchisme. Ce qui intéressa surtout nos jeunes gens, ce fut l'histoire suivante que l'on racontait d'elle. Il paraît qu'elle avait été entretenue très richement à Paris par un sénateur qui faisait, comme l'on dit, des folies pour elle. Un jour cet homme, se trouvant chez elle, mit son chapeau sur sa tête ; elle le pria de l'ôter, et se plaignit même qu'il lui manquât de respect. Le sénateur se mit à rire, leva les épaules, et dit en se carrant dans un fauteuil : « C'est bien le moins que je me mette à mon aise chez une fille que je paye. » Un bon soufflet de crocheteur [2], détaché par la blanche main de la [3] Gabrielle le paya aussitôt de sa réponse et jeta son chapeau à l'autre bout de la chambre. De là, rupture complète. Des banquiers, des généraux avaient fait des offres considérables

---

1. Avoir une taille fine, bien marquée, plus propre à une femme de qualité qu'à une femme du peuple dans la mentalité du temps.
2. Porteur qui fait usage de crochets. Leur force était proverbiale.
3. L'article défini placé devant le prénom de Gabrielle s'explique à la fois par son métier de comédienne (on disait volontiers La Clairon, etc.) et par la familiarité qu'elle inspire à tort.

à la dame ; mais elle les avait toutes refusées, et s'était faite actrice, afin, disait-elle, de vivre indépendante.

« Lorsque Roger la vit et qu'il apprit cette histoire, il jugea que cette personne était son fait [1], et, avec une franchise un peu brutale qu'on nous reproche, à nous autres marins, voici comment il s'y prit pour lui montrer combien il était touché de ses charmes. Il acheta les plus belles fleurs et les plus rares qu'il put trouver à Brest, en fit un bouquet qu'il attacha avec un beau ruban rose et dans le nœud arrangea très proprement un rouleau de vingt-cinq napoléons [2] ; c'était tout ce qu'il possédait pour le moment. Je me souviens que je l'accompagnais dans les coulisses pendant un entracte. Il fit à la Gabrielle un compliment [3] fort court sur la grâce qu'elle avait à porter son costume, lui offrit le bouquet et lui demanda la permission d'aller la voir chez elle. Tout cela fut dit en trois mots.

« Tant que Gabrielle ne vit que les fleurs et le beau jeune homme qui les lui présentait, elle lui souriait accompagnant son sourire d'une révérence des plus gracieuses ; mais quand elle eut le bouquet entre les mains et qu'elle sentit le poids de l'or, sa physionomie changea plus rapidement que la surface de la mer soulevée par un ouragan des tropiques [4] ; et certes elle ne fut guère moins méchante, car elle lança de toute sa force le bouquet et les napoléons à la tête de mon pauvre ami qui en porta les marques sur la figure pendant plus de huit jours. La sonnette du régisseur [5] se fit entendre, Gabrielle entra en scène et joua tout de travers.

---

1. Qu'elle convenait à ses aspirations sensuelles et sentimentales.
2. Nom donné à une pièce d'or de vingt ou de quarante francs à l'effigie de Napoléon.
3. Petit discours en prose ou en vers adressé à quelqu'un pour l'accueillir ou l'honorer.
4. Cette comparaison vient tout naturellement aux lèvres du narrateur qui est un marin.
5. Le signal par lequel, aujourd'hui encore, les acteurs sont invités à entrer en scène. Le régisseur est celui qui est chargé de l'administration d'un théâtre, c'est-à-dire de la bonne marche du spectacle.

« Roger, ayant ramassé son bouquet et son rouleau d'or d'un air bien confus, s'en alla au café offrir son bouquet (sans l'argent) à la demoiselle du comptoir et essaya, en buvant du punch [1], d'oublier la cruelle. Il n'y réussit pas ; et, malgré le dépit qu'il éprouvait de ne pouvoir se montrer avec son œil poché, il devint amoureux fou de la colérique [2] Gabrielle. Il lui écrivait vingt lettres par jour, et quelles lettres ! soumises, tendres, respectueuses, telles qu'on pourrait les adresser à une princesse. Les premières lui furent renvoyées sans avoir été décachetées ; les autres n'obtinrent pas de réponse. Roger cependant conservait quelque espoir, quand nous découvrîmes que la marchande d'oranges [3] du théâtre enveloppait ses oranges [4] avec les lettres d'amour de Roger, que Gabrielle lui donnait par un raffinement de méchanceté. Ce fut un coup terrible pour la fierté de notre ami. Pourtant sa passion ne diminua pas. Il parlait de demander l'actrice en mariage ; et comme on lui disait que le ministre de la marine n'y donnerait jamais son consentement [5], il s'écriait qu'il se brûlerait la cervelle.

« Sur ces entrefaites, il arriva que les officiers d'un régiment de ligne [6] en garnison à Brest voulurent faire

---

1. Mélange chaud de thé et d'eau-de-vie ou de rhum, avec du jus de citron et du sucre. C'est une boisson de marin, à cette époque, surtout répandue dans les ports.
2. A cette époque, mot médical qui indique un tempérament porté à la colère, et non pas seulement caractère de celui qui vient de se mettre en colère.
3. Celle qui remplit l'office des modernes ouvreuses, en vendant aux spectateurs ce fruit rafraîchissant.
4. Mérimée souligne par ce moyen le peu de cas fait par Gabrielle des écrits de Roger. Mais dans le même temps, il adresse un clin d'œil au lecteur cultivé. Depuis l'Antiquité, les écrits disqualifiés passent — Montaigne usera de l'expression — pour servir aux beurrières et naguère Coluche parlait, à propos de feuilles à scandales, de « journaux pour emballer le poisson ».
5. Le mariage des officiers d'active était et est encore soumis à une enquête préalable de réputation sur la promise et, le cas échéant, à l'autorisation du ministre de tutelle. Cette dernière eût bien sûr été refusée dans ce cas en raison du métier et des mœurs de Gabrielle.
6. Régiment d'infanterie qui attend à Brest un embarquement.

répéter un couplet de vaudeville à Gabrielle, qui s'y refusa par un pur caprice. Les officiers et l'actrice s'opiniâtrèrent si bien, que les uns firent baisser la toile par leurs sifflets, et que l'autre s'évanouit. Vous savez ce que c'est que le parterre [1] d'une ville de garnison. Il fut convenu entre les officiers que le lendemain et les jours suivants la coupable serait sifflée sans rémission, qu'on ne lui permettrait pas de jouer un seul rôle avant qu'elle n'eût fait amende honorable [2] avec l'humilité nécessaire pour expier son crime. Roger n'avait point assisté à cette représentation ; mais il apprit le soir même le scandale qui avait mis tout le théâtre en confusion, ainsi que les projets de vengeance qui se tramaient pour le lendemain. Sur le champ son parti fut pris.

« Le lendemain, lorsque Gabrielle parut, du banc des officiers partirent des huées et des sifflets à fendre les oreilles. Roger, qui s'était placé à dessein tout auprès des tapageurs, se leva, et interpella les plus bruyants en termes si outrageux, que toute leur fureur se tourna aussitôt contre lui. Alors, avec un grand sang-froid, il tira son carnet de sa poche [3], et inscrivait les noms qu'on lui criait de toutes parts ; il aurait pris rendez-vous pour se battre avec tout le régiment, si, par esprit de corps, un grand nombre d'officiers de marine ne fussent survenus, et n'eussent provoqué la plupart de ses adversaires [4]. La bagarre fut vraiment effroyable.

« Toute la garnison fut consignée [5] pour plusieurs jours ; mais quand on nous rendit la liberté il y eut un terrible compte à régler. Nous nous trouvâmes une

---

1. Partie de la salle de spectacle comprise entre l'orchestre et le fond du théâtre, où l'on se tenait jadis debout et où les places n'étaient pas chères. Longtemps, en province en particulier, le parterre s'est flatté de faire ou de défaire les réputations par son comportement bruyant.
2. Peine infamante par l'aveu public et forcé d'un crime.
3. La carnet sur lequel on notait le nom de ceux que l'on provoquait en duel.
4. Si Roger est l'étincelle qui met le feu aux poudres, c'est bien l'hostilité entre les marins et l'armée de terre qui permet la bagarre générale.
5. Privée de permission.

soixantaine sur le terrain. Roger, seul, se battit successivement contre trois officiers ; il en tua un, et blessa grièvement les deux autres sans recevoir une égratignure. Je fus moins heureux pour ma part : un maudit lieutenant, qui avait été maître d'armes, me donna dans la poitrine un grand coup d'épée, dont je manquai mourir. Ce fut, je vous assure, un beau spectacle que ce duel, ou plutôt cette bataille. La marine eut tout l'avantage, et le régiment fut obligé de quitter Brest.

« Vous pensez bien que nos officiers supérieurs n'oublièrent pas l'auteur de la querelle. Il eut pendant quinze jours une sentinelle à sa porte.

« Quand ses arrêts [1] furent levés, je sortis de l'hôpital et j'allai le voir. Quelle fut ma surprise, en entrant chez lui, de le voir assis à déjeuner tête à tête avec Gabrielle ! Ils avaient l'air d'être depuis longtemps en parfaite intelligence. Déjà ils se tutoyaient et se servaient du même verre. Roger me présenta à sa maîtresse comme son meilleur ami, et lui dit que j'avais été blessé dans l'espèce d'escarmouche dont elle avait été la première cause. Cela me valut un baiser de cette belle personne. Cette fille avait les inclinations toutes martiales [2].

« Ils passèrent trois mois ensemble parfaitement heureux, ne se quittant pas d'un instant. Gabrielle paraissait l'aimer jusqu'à la fureur, et Roger avouait qu'avant de connaître Gabrielle il n'avait pas connu l'amour.

« Une frégate [3] hollandaise entra dans le port. Les officiers nous donnèrent à dîner. On but largement de toutes sortes de vins ; et, la nappe ôtée, ne sachant que faire,

---

1. Les arrêts de rigueur selon l'expression en usage, qui avaient valu et pourraient valoir aujourd'hui encore aux officiers d'avoir une sentinelle à leur porte pour leur interdire de sortir.

2. Elle était à la fois portée vers la guerre et vers ceux qui la font. L'ironie légère du narrateur le montre plus circonspect envers Gabrielle que ne l'est son ami Roger.

3. Bâtiment de guerre qui venait en deuxième position après les vaisseaux de ligne, les plus forts. La frégate hollandaise a dû forcer le blocus anglais pour entrer dans la rade de Brest.

car ces messieurs parlaient très mal français, on se mit à jouer. Les Hollandais paraissaient avoir beaucoup d'argent ; et leur premier lieutenant surtout voulait jouer si gros jeu, que pas un de nous ne se souciait de faire sa partie [1]. Roger, qui ne jouait pas d'ordinaire, crut qu'il s'agissait dans cette occasion de soutenir l'honneur de son pays. Il joua donc, et tint tout ce que voulut le lieutenant hollandais. Il gagna d'abord, puis perdit. Après quelques alternatives de gain et de perte, ils se séparèrent sans avoir rien fait [2]. Nous rendîmes le dîner aux officiers hollandais. On joua encore. Roger et le lieutenant furent remis aux prises. Bref, pendant plusieurs jours ils se donnèrent rendez-vous, soit au café, soit à bord, essayant toutes sortes de jeux, surtout le trictrac [3], et augmentant toujours leurs paris, si bien qu'ils en vinrent à jouer vingt-cinq napoléons [4] la partie. C'était une somme énorme pour de pauvres officiers comme nous : plus de deux mois de solde ! Au bout d'une semaine, Roger avait perdu tout l'argent qu'il possédait, plus trois ou quatre mille francs empruntés à droite et à gauche.

« Vous vous doutez bien que Roger et Gabrielle avaient fini par faire ménage commun et bourse commune : c'est-à-dire que Roger, qui venait de toucher une forte part de prises [5], avait mis à la masse dix ou vingt fois plus que l'actrice. Cependant il considérait

---

1. De jouer avec lui une partie en risquant des sommes égales aux siennes.

2. Sans que personne ne l'ait emporté sur l'autre. Expression empruntée au vocabulaire militaire.

3. Ce jeu est à la fois de hasard et de calcul. Deux personnes prennent place devant une boîte ou un tablier divisé en deux compartiments portant chacun six flèches. Chaque joueur dispose d'un cornet et de deux dés, ainsi que de quinze dames. La partie consiste à gagner douze trous, qui comptent chacun douze points qui s'obtiennent en marquant des nombres pairs (2, 4, 6) par les dés. Les points sont indiqués par des jetons et les trous au moyen de fichets placés dans les trous placés dans la bande latérale. Si le joueur est soumis au hasard des dés, c'est par la marche des dames qu'il fait preuve d'habileté.

4. 4000 francs-or de l'époque, soit la moitié du traitement annuel d'un haut-fonctionnaire comme Mérimée.

5. Somme d'argent qui revient à chaque marin d'un navire qui s'est emparé d'un autre, après la vente du navire et de la cargaison.

Une vue du port de Brest.

toujours que cette masse appartenait principalement à sa maîtresse, et il n'avait gardé pour ses dépenses particulières qu'une cinquantaine de napoléons. Il avait été cependant obligé de recourir à cette réserve pour continuer à jouer. Gabrielle ne lui fit pas la moindre observation.

« L'argent du ménage prit le même chemin que son argent de poche. Bientôt Roger fut réduit à jouer ses derniers vingt-cinq napoléons. Il s'appliquait horriblement ; aussi la partie fut-elle longue et disputée. Il vint un moment où Roger, tenant le cornet, n'avait plus qu'une chance pour gagner : je crois qu'il fallait six quatre. La nuit était avancée. Un officier qui les avait longtemps regardés jouer avait fini par s'endormir sur un fauteuil. Le Hollandais était fatigué et assoupi ; en outre, il avait bu beaucoup de punch. Roger seul était bien éveillé, et en proie au plus violent désespoir. Ce fut en frémissant qu'il jeta les dés. Il les jeta si rudement sur le damier, que de la secousse une bougie tomba sur le plancher. Le Hollandais tourna la tête d'abord vers la bougie, qui venait de couvrir de cire son pantalon neuf, puis il regarda les dés. — Ils marquaient six et quatre. Roger, pâle comme la mort, reçut les vingt-cinq napoléons. Ils continuèrent à jouer. La chance devint favorable à mon malheureux ami, qui pourtant faisait écoles sur écoles [1], et qui casait [2] comme s'il avait voulu perdre. Le lieutenant hollandais s'entêta, doubla, décupla les enjeux : il perdit toujours. Je crois le voir encore ; c'était un grand blond, flegmatique, dont la figure semblait être de cire. Il se leva enfin, ayant perdu quarante mille francs, qu'il paya sans que sa physionomie décelât la moindre émotion.

« Roger lui dit : « Ce que nous avons fait ce soir ne

---

1. Sanction donnée au joueur qui oublie de marquer ses points ou qui marque mal à propos.
2. Mettre deux dames sur l'un des triangles placés devant le joueur.

signifie rien, vous dormiez à moitié ; je ne veux pas de votre argent.

« — Vous plaisantez, répondit le flegmatique [1] Hollandais ; j'ai très bien joué, mais les dés ont été contre moi. Je suis sûr de pouvoir toujours vous gagner en vous rendant quatre trous [2]. Bonsoir ! » et il le quitta.

« Le lendemain nous apprîmes que, désespéré de sa perte, il s'était brûlé la cervelle dans sa chambre après avoir bu un bol de punch.

« Les quarante mille francs gagnés par Roger étaient étalés sur une table, et Gabrielle les contemplait avec un sourire de satisfaction. « Nous voilà bien riches, dit-elle, que ferons-nous de tout cet argent ? »

« Roger ne répondit rien ; il paraissait comme hébété depuis la mort du Hollandais. « Il faut faire mille folies, continua la Gabrielle : argent gagné aussi facilement doit se dépenser de même. Achetons une calèche [3], et narguons le préfet maritime [4] et sa femme. Je veux avoir des diamants, des cachemires. Demande un congé et allons à Paris ; ici nous ne viendrons jamais à bout de tant d'argent ! » Elle s'arrêta pour observer Roger, qui, les yeux fixés sur le plancher, la tête appuyée sur sa main, ne l'avait pas entendue, et semblait rouler dans sa tête les plus sinistres pensées.

« Que diable as-tu, Roger ? s'écria-t-elle en appuyant une main sur son épaule. Tu me fais la moue, je crois ; je ne puis t'arracher une parole.

« — Je suis bien malheureux, dit-il enfin avec un soupir étouffé.

« — Malheureux ! Dieu me pardonne, n'aurais-tu pas des remords pour avoir plumé ce gros mynheer [5] ? »

---

1. Notation médicale. Le flegme, qui incite au calme, voire à la froideur, domine le tempérament du Hollandais.
2. En donnant quatre trous d'avance (voir la note 3, p. 80).
3. Voiture à ressort et à quatre roues, fort légère et à l'ordinaire découverte sur le devant, propre à parader sur le cours principal d'une ville.
4. Le personnage le plus important de la ville, préfecture maritime.
5. Monsieur, en hollandais.

« Il releva la tête et la regarda d'un œil hagard.

« Qu'importe, poursuivit-elle, qu'importe qu'il ait pris la chose au tragique et qu'il se soit brûlé ce qu'il avait de cervelle ! Je ne plains pas les joueurs qui perdent ; et certes son argent est mieux entre nos mains que dans les siennes : il l'aurait dépensé à boire et à fumer, au lieu que nous, nous allons faire mille extravagances toutes plus élégantes les unes que les autres. »

« Roger se promenait par la chambre, la tête penchée sur sa poitrine, les yeux à demi fermés et remplis de larmes. Il vous aurait fait pitié si vous l'aviez vu.

« Sais-tu, lui dit Gabrielle, que des gens qui ne connaîtraient pas ta sensibilité romanesque pourraient croire que tu as triché ? »

« — Et si cela était vrai ? s'écria-t-il, d'une voix sourde en s'arrêtant devant elle.

« — Bah ! répondit-elle en souriant, tu n'as pas assez d'esprit pour tricher au jeu.

« — Oui, j'ai triché, Gabrielle ; j'ai triché comme un misérable que je suis.

« Elle comprit à son émotion qu'il ne disait que trop vrai : elle s'assit sur un canapé et demeura quelque temps sans parler : « J'aimerais mieux, dit-elle enfin d'une voix très émue, j'aimerais mieux que tu eusses tué dix hommes que d'avoir triché au jeu. »

« Il y eut un mortel silence d'une demi-heure. Ils étaient assis tous les deux sur le même sofa, et ne se regardèrent pas une seule fois. Roger se leva le premier, et lui dit bonsoir d'une voix assez calme.

« Bonsoir ! » lui répondit-elle d'un ton sec et froid.

« Roger m'a dit depuis qu'il se serait tué ce jour-là même s'il n'avait craint que nos camarades ne devinassent la cause de son suicide. Il ne voulait pas que sa mémoire fut infâme.

« Le lendemain, Gabrielle fut aussi gaie qu'à l'ordinaire ; on eût dit qu'elle avait déjà oublié la confidence de la veille. Pour Roger, il était devenu sombre, fantasque, bourru ; il sortait à peine de sa chambre, évitait ses amis, et passait souvent des journées entières sans adresser une parole à sa maîtresse. J'attribuais sa tristesse à une sensibilité honorable, mais excessive, et j'essayai plusieurs fois de le consoler ; mais il me renvoyait bien loin, en affectant une grande indifférence pour son partner malheureux [1]. Un jour même il fit une sortie violente contre la nation hollandaise, et voulut me soutenir qu'il ne pouvait pas y avoir en Hollande un seul honnête homme. Cependant il s'informait en secret de la famille du lieutenant hollandais, mais personne ne pouvait lui en donner des nouvelles.

« Six semaines après cette malheureuse partie de trictrac, Roger trouva chez Gabrielle un billet écrit par un aspirant qui paraissait la remercier de bontés qu'elle avait eues pour lui. Gabrielle était le désordre en personne, et le billet en question avait été laissé par elle sur sa cheminée. Je ne sais si elle avait été infidèle, mais Roger le crut, et sa colère fut épouvantable. Son amour et un reste d'orgueil étaient les seuls sentiments qui pussent encore l'attacher à la vie, et le plus fort de ses sentiments allait être ainsi soudainement détruit. Il accabla d'injures l'orgueilleuse comédienne ; et, violent comme il était, je ne sais comment il se fit qu'il ne la battît pas.

« Sans doute, lui dit-il, ce freluquet vous a donné beaucoup d'argent ? C'est la seule chose que vous aimiez, et vous accorderiez vos faveurs au plus sale de nos matelots s'il avait de quoi les payer.

« — Pourquoi pas ? répondit froidement l'actrice. Oui, je me ferais payer par un matelot, mais... *je ne le volerais pas* »

« Roger poussa un cri de rage. Il tira en tremblant son poignard, et un instant regarda Gabrielle avec des yeux égarés ; puis rassemblant toutes ses forces, il jeta l'arme

---

1. Mot anglais qui commençait à peine à se répandre en français.

à ses pieds et s'échappa de l'appartement pour ne pas céder à la tentation qui l'obsédait.

« Ce soir-là même je passai fort tard devant son logement, et voyant de la lumière chez lui, j'entrai pour lui emprunter un livre. Je le trouvai fort occupé à écrire. Il ne se dérangea point, et parut à peine s'apercevoir de ma présence dans sa chambre. Je m'assis près de son bureau et je contemplai ses traits ; ils étaient tellement altérés, qu'un autre que moi aurait eu de la peine à le reconnaître. Tout d'un coup j'aperçus sur le bureau une lettre déjà cachetée, et qui m'était adressée. Je l'ouvris aussitôt. Roger m'annonçait qu'il allait mettre fin à ses jours, et me chargeait de différentes commissions. Pendant que je lisais, il écrivait toujours sans prendre garde à moi : c'était à Gabrielle qu'il faisait ses adieux... Vous pensez quel fut mon étonnement, et ce que je dus lui dire, confondu comme je l'étais de sa résolution : « Comment, tu veux te tuer, toi qui es si heureux ?

« — Mon ami, dit-il en cachetant sa lettre, tu ne sais rien ; tu ne me connais pas, je suis un fripon ; je suis si méprisable, qu'une fille de joie m'insulte ; et je sens si bien ma bassesse, que je n'ai pas la force de la battre. » Alors il me raconta l'histoire de la partie de trictrac, et tout ce que vous savez déjà. En l'écoutant, j'étais pour le moins aussi ému que lui ; je ne savais que lui dire ; je lui serrais les mains, j'avais les larmes aux yeux, mais je ne pouvais parler. Enfin l'idée me vint de lui représenter qu'il n'avait pas à se reprocher d'avoir causé volontairement la ruine du Hollandais, et qu'après tout il ne lui avait fait perdre par sa... tricherie... que vingt-cinq napoléons.

« Donc, s'écria-t-il avec une ironie amère, je suis un petit voleur et non un grand. Moi qui avais tant d'ambition ! N'être qu'un friponneau ! » Et il éclata de rire. Je fondis en larmes.

« Tout à coup la porte s'ouvrit ; une femme entra et se précipita dans ses bras : c'était Gabrielle. « Pardonne-moi, s'écria-t-elle en l'étreignant avec force, pardonne-moi. Je le sens bien, je n'aime que toi. Je t'aime mieux maintenant que si tu n'avais pas fait ce que tu te reproches. Si tu veux, je volerai... j'ai déjà volé... Oui, j'ai volé... j'ai volé une montre d'or[1]... Que peut-on faire de pis ? »

« Roger secoua la tête d'un air d'incrédulité ; mais son front parut s'éclaircir. « Non, ma pauvre enfant, dit-il, en la repoussant avec douceur, il faut absolument que je me tue. Je souffre trop, je ne puis résister à la douleur que je sens là.

« — Eh bien ! si tu veux mourir, Roger, je mourrai avec toi ! Sans toi, que m'importe la vie ! J'ai du courage, tiré des fusils[2] ; je me tuerai tout comme un autre. D'abord, moi qui ai joué la tragédie, j'en ai l'habitude. » Elle avait les larmes aux yeux en commençant, cette dernière idée la fit rire, et Roger lui-même laissa échapper un sourire. « Tu ris, mon officier, s'écria-t-elle en battant des mains et en l'embrassant ; tu ne te tueras pas ! » Et elle l'embrassait toujours, tantôt pleurant, tantôt riant, tantôt jurant comme un matelot ; car elle n'était pas de ces femmes qu'un gros mot effraye.

« Cependant, je m'étais emparé des pistolets et du poignard de Roger, et je lui dis : « Mon cher Roger, tu as une maîtresse et un ami qui t'aiment. Crois-moi, tu peux encore avoir quelque bonheur en ce monde. » Je sortis après l'avoir embrassé, et je le laissai seul avec Gabrielle.

« Je crois que nous ne serions parvenus qu'à retarder seulement son funeste dessein, s'il n'avait reçu du ministre l'ordre de partir[3], comme premier lieutenant, à bord

---

1. C'est le même larcin que Mérimée fait commettre à Carmen. Pour une prostituée, voler un client est une faute grave, sanctionnée par le milieu qui est le sien.

2. Nous dirions : Je sais tirer au (ou avec des) fusils.

3. La décision du ministre prend un certain temps, mais il ne peut que décider d'embarquer et d'éloigner Roger en raison de son comportement au théâtre, puis pendant la bagarre.

d'une frégate qui devait aller croiser dans les mers de l'Inde [1], après avoir passé au travers de l'escadre anglaise qui bloquait le port. L'affaire était hasardeuse. Je lui fis entendre qu'il valait mieux mourir noblement d'un boulet anglais que de mettre fin lui-même à ses jours, sans gloire et sans utilité pour son pays. Il promit de vivre. Des 40 000 francs, il en distribua la moitié à des matelots estropiés ou à des veuves et des enfants de marins. Il donna le reste à Gabrielle, qui d'abord jura de n'employer cet argent qu'en bonnes œuvres. Elle avait bien l'intention de tenir parole, la pauvre fille ; mais l'enthousiasme était chez elle de courte durée. J'ai su depuis qu'elle donna quelques milliers de francs aux pauvres. Elle s'acheta des chiffons [2] avec le reste.

« Nous montâmes, Roger et moi, sur une belle frégate, *La Galatée* : nos hommes étaient braves, bien exercés, bien disciplinés ; mais notre commandant était un ignorant, qui se croyait un Jean Bart [3] parce qu'il jurait mieux qu'un capitaine d'armes [4], parce qu'il écorchait le français et qu'il n'avait jamais étudié la théorie de sa profession, dont il entendait assez médiocrement la pratique. Pourtant le sort le favorisa d'abord. Nous sortîmes heureusement de la rade, grâce à un coup de vent qui força l'escadre de blocus de gagner le large et nous commençâmes notre croisière par brûler [5] une corvette anglaise et un vaisseau de la compagnie [6] sur les côtes de Portugal.

« Nous voguions lentement vers les mers de l'Inde,

---

1. C'est l'ordre que Napoléon donna plusieurs fois à des frégates. Les « mers de l'Inde » désignent l'océan Indien.

2. Terme élégant pour désigner des vêtements.

3. Marin et corsaire français (1651-1702), célèbre dans toute l'Europe pour sa bravoure et ses exploits.

4. Sous-officier chargé de la garde, de l'entretien et de la distribution des armes sur un navire de guerre. Le titre a un autre sens dans la marine de commerce.

5. Laisser derrière nous.

6. Sans doute un vaisseau de la Compagnie des Indes (qui appartenait à l'Angleterre), que l'on peut supposer richement chargé et donc escorté par la corvette pour prévenir l'attaque d'un corsaire français.

contrariés par les vents et par les fausses manœuvres de notre capitaine, dont la maladresse augmentait le danger de notre croisière. Tantôt chassés par des forces supérieures, tantôt poursuivant des vaisseaux marchands, nous ne passions pas un seul jour sans quelque aventure nouvelle. Mais ni la vie hasardeuse que nous menions, ni les fatigues que lui donnait le détail[1] de la frégate dont il était chargé, ne pouvaient distraire Roger des tristes pensées qui le poursuivaient sans relâche. Lui qui passait autrefois pour l'officier le plus actif et le plus brillant de notre port, maintenant il se bornait à faire seulement son devoir. Aussitôt que son service était fini, il se renfermait dans sa chambre, sans livres, sans papier ; il passait des heures entières couché dans son cadre[2], et le malheureux ne pouvait dormir.

« Un jour, voyant son abattement, je m'avisai de lui dire : « Parbleu ! mon cher, tu t'affliges pour peu de chose. Tu as escamoté vingt-cinq napoléons à un gros Hollandais, bien ! — et tu as des remords pour plus d'un million. Or, dis-moi, quand tu étais l'amant de la femme du préfet de...[3] n'en avais-tu point ? Pourtant elle valait mieux que vingt-cinq napoléons. »

« Il se retourna sur son matelas sans me répondre.

« Je poursuivis : « Après tout, ton crime, puisque tu dis que c'est un crime, avait un motif honorable, et venait d'une âme élevée. »

« Il tourna la tête et me regarda d'un air furieux.

« Oui, car enfin, si tu avais perdu, que devenait Gabrielle ? Pauvre fille, elle aurait vendu sa dernière chemise pour toi... Si tu perdais, elle était réduite à la

---

1. Terme de marine : service concernant les approvisionnements, les consommations, la police, etc. Il donne lieu à la fin du voyage à un rapport remis au capitaine mais il est du ressort de l'un des lieutenants.
2. Lit suspendu ou bannette dont le fond est rigide et qui est entouré d'un cadre de bois pour protéger le dormeur des mouvements de la mer.
3. Par discrétion, le narrateur tait le nom de la belle infidèle. C'est un clin d'œil de Mérimée qui fut lui-même l'amant de l'épouse d'un préfet.

misère... C'est pour elle, c'est par amour pour elle que tu as triché. Il y a des gens qui tuent par amour[1]... qui se tuent... Toi, mon cher Roger, tu as fait plus. Pour un homme comme nous, il y a plus de courage à... voler, pour parler net, qu'à se tuer.

« Peut-être maintenant, me dit le capitaine, interrompant son récit, vous semblé-je ridicule. Je vous assure que mon amitié pour Roger me donnait dans ce moment une éloquence que je ne retrouve plus aujourd'hui ; et, le diable m'emporte, en lui parlant de la sorte j'étais de bonne foi, et je croyais tout ce que je disais. Ah ! j'étais jeune alors ! »

« Roger fut quelque temps sans répondre ; il me tendit la main : « Mon ami, dit-il en paraissant faire un grand effort sur lui-même, tu me crois meilleur que je ne suis. Je suis un lâche coquin. Quand j'ai triché ce Hollandais, je ne pensais qu'à gagner vingt-cinq napoléons, voilà tout. Je ne pensais pas à Gabrielle, et voilà pourquoi je me méprise... Moi, estimer mon honneur moins que vingt-cinq napoléons !... Quelle bassesse ! Oui, je serais heureux de pouvoir me dire : J'ai volé pour tirer Gabrielle de la misère... Non !... non ! je ne pensais pas à elle... Je n'étais pas amoureux dans ce moment... J'étais un joueur... j'étais un voleur... J'ai volé de l'argent pour l'avoir à moi... et cette action m'a tellement abruti, avili, que je n'ai plus aujourd'hui de courage ni d'amour... je vis, et je ne pense plus à Gabrielle... je suis un homme fini. »

« Il paraissait si malheureux que, s'il m'avait demandé mes pistolets pour se tuer, je crois que je les lui aurais donnés.

« Un certain vendredi, jour de mauvais augure[2], nous découvrîmes une grosse frégate anglaise, *L'Alceste*, qui

---

1. Nouveau clin d'œil à ceux des lecteurs qui connaissent *Le Roland furieux* : c'est dans cette épopée l'une des tentations de Roger.

2. Le marin se doit d'être superstitieux.

prit chasse sur nous [1]. Elle portait cinquante-huit canons, nous n'en avions que trente-huit. Nous fîmes force de voiles pour lui échapper ; mais sa marche était supérieure, elle gagnait sur nous à chaque instant ; il était évident qu'avant la nuit nous serions contraints de livrer un combat inégal. Notre capitaine appela Roger dans sa chambre, où ils furent un grand quart d'heure à consulter ensemble [2]. Roger remonta sur le tillac, me prit par le bras, et me tira à l'écart.

« D'ici à deux heures, me dit-il, l'affaire va s'engager ; ce brave homme là-bas qui se démène sur le gaillard d'arrière a perdu la tête. Il y avait deux partis à prendre : le premier, le plus honorable, était de laisser l'ennemi arriver sur nous, puis de l'aborder vigoureusement en jetant à son bord une centaine de gaillards déterminés ; l'autre parti, qui n'est pas mauvais, mais qui est assez lâche, serait de nous alléger en jetant à la mer une partie de nos canons. Alors nous pourrions serrer de très près la côte d'Afrique que nous découvrons là-bas à bâbord. L'Anglais, de peur de s'échouer, serait bien obligé de nous laisser échapper ; mais notre capitaine n'est ni un lâche ni un héros : il va se laisser démolir de loin à coups de canons, et après quelques heures de combat il amènera honorablement son pavillon [3]. Tant pis pour vous : les pontons de Portsmouth [4] vous attendent. Quant à moi, je ne veux pas les voir.

« — Peut-être, lui dis-je, nos premiers coups de canons feront-ils à l'ennemi des avaries assez fortes pour l'obliger à cesser la chasse.

---

1. Mérimée emploie l'expression à contresens : « prendre chasse » signifie faire toutes voiles dehors pour échapper à un adversaire.
2. Dans les cas graves, il était d'usage que le capitaine consultât ses officiers. Les médecins agissaient de même ; de là l'origine du mont « consultation » qui suppose étymologiquement que plusieurs personnes émettent un avis.
3. Mettre pavillon bas : afficher sa reddition.
4. Comme ceux de Cadix, les pontons de Portsmouth, port du sud de l'Angleterre, servaient à parquer les prisonniers de guerre, mais les conditions d'hygiène y étaient déplorables.

« — Écoute, je ne veux pas être prisonnier, je veux me faire tuer ; il est temps que j'en finisse. Si par malheur je ne suis que blessé, donne-moi ta parole que tu me jetteras à la mer. C'est le lit où doit mourir un bon marin comme moi.

« — Quelle folie ! m'écriai-je, et quelle commission me donnes-tu là !

« — Tu rempliras le devoir d'un bon ami. Tu sais qu'il faut que je meure. Je n'ai consenti à ne pas me tuer que dans l'espoir d'être tué, tu dois t'en souvenir. Allons, fais-moi cette promesse ; si tu me refuses, je vais demander ce service à ce contremaître [1], qui ne me refusera pas. »

« Après avoir réfléchi quelque temps, je lui dis : « Je te donne ma parole de faire ce que tu désires, pourvu que tu sois blessé à mort, sans espérance de guérison. Dans ce cas je consens à t'épargner des souffrances.

« — Je serai blessé à mort, ou bien je serai tué. » Il me tendit la main, je la serrai fortement. Dès lors il fut plus calme, et même une certaine gaieté martiale brilla sur son visage.

« Vers trois heures de l'après-midi, les canons de chasse de l'ennemi commencèrent à porter dans nos agrès [2]. Nous carguâmes alors une partie de nos voiles [3] ; nous présentâmes le travers à *L'Alceste*, et nous fîmes un feu roulant auquel les Anglais répondirent avec vigueur. Après environ une heure de combat, notre capitaine, qui ne faisait rien à propos, voulut essayer l'abordage. Mais nous avions déjà beaucoup de morts et de blessés, et le reste de notre équipage avait perdu de son ardeur ; enfin

---

1. Grade de sous-officier, intermédiaire entre le quartier-maître et le second maître.

2. Tout ce qui n'est pas la coque, les mâts ou les munitions, c'est-à-dire pour l'essentiel le gréement, le gouvernail, les ancres, etc. C'est bien sûr tout d'abord le gréement que vise l'Anglais afin d'abattre les mâts et donc d'arrêter la marche du navire.

3. Serrâmes et troussâmes les voiles contre leurs vergues au moyen de cordages, les cargues.

nous avions beaucoup souffert dans nos agrès, et nos mâts étaient fort endommagés. Au moment où nous déployâmes nos voiles pour nous rapprocher de l'Anglais, notre grand mât, qui ne tenait plus à rien, tomba avec un fracas horrible. *L'Alceste* profita de la confusion où nous jeta d'abord cet accident. Elle vint passer à notre poupe [1] en nous lâchant à demi-portée de pistolet toute sa bordée [2] ; elle traversa de l'avant à l'arrière notre malheureuse frégate, qui ne pouvait lui opposer sur ce point que deux petits canons. Dans ce moment j'étais auprès de Roger, qui s'occupait à faire couper les haubans [3] qui retenaient encore le mât abattu. Je le sens qui me serrait le bras avec force ; je me retourne, et le vois renversé sur le tillac et tout couvert de sang. Il venait de recevoir un coup de mitraille dans le ventre.

« Le capitaine courut à lui : « Que faire, lieutenant ? s'écria-t-il.

« — Il faut clouer notre pavillon à ce tronçon de mât et nous faire couler [4]. » Le capitaine le quitta aussitôt, goûtant fort peu ce conseil.

« Allons, me dit Roger, souviens-toi de ta promesse.

« — Ce n'est rien, lui dis-je, tu peux en revenir.

« — Jette-moi par dessus le bord, s'écria-t-il en jurant horriblement et me saisissant par la basque [5] de mon habit ; tu vois bien que je n'en puis réchapper ; jette-moi à la mer, je ne veux pas voir amener notre pavillon. »

« Deux matelots s'approchèrent de lui pour le porter à fond de cale. « A vos canons, coquins, s'écria-t-il avec force ; tirez à mitraille et pointez au tillac [6]. Et toi, si tu

---

1. A l'arrière du navire.
2. L'ensemble de la puissance de feu disponible sur ce bord-là.
3. Cordages qui avaient servi à maintenir le mât vertical et qui maintenant entravaient la manœuvre.
4. C'est-à-dire couler pavillon haut, sans se rendre à l'ennemi.
5. Partie pendante.
6. En chargeant le canon de mitraille de fer ou de débris de fonte et en visant les hommes.

manques à ta parole, je te maudis, et je te tiens pour le plus lâche et le plus vil des hommes ! »

« Sa blessure était certainement mortelle. Je vis le capitaine appeler un aspirant et lui donner l'ordre d'amener notre pavillon. « Donne-moi une poignée de main », dis-je à Roger.

« Au moment même où notre pavillon fut amené... »

....

« Capitaine, une baleine à bâbord[1] ! interrompit un enseigne accourant à nous.

— Une baleine ! » s'écria le capitaine transporté de joie et laissant là son récit ; « vite, la chaloupe à la mer ! la yole à la mer[2] ! toutes les chaloupes à la mer ! — Des harpons, des cordes ! etc., etc. »

Je ne pus savoir comment mourut le pauvre lieutenant Roger.

---

1. Sur la gauche du sens de marche du navire. Hier le narrateur affrontait l'Anglais, aujourd'hui une baleine dont il espère tirer profit.
2. Toutes les embarcations disponibles. La yole est plus petite, plus légère et plus rapide que la chaloupe ; c'est sans doute sur elle que prendra place le harponneur.

Table

Le Livre de Poche s'engage pour l'environnement en réduisant l'empreinte carbone de ses livres. Celle de cet exemplaire est de :
150 g éq. CO_2
Rendez-vous sur www.livredepoche-durable.fr

PAPIER À BASE DE FIBRES CERTIFIÉES

Achevé d'imprimer en août 2018, en France sur Presse Offset par
Maury Imprimeur – 45330 Malesherbes
N° d'imprimeur : 229824
Dépôt légal 1re publication : août 1994
Édition 36 – août 2018
Librairie Générale Française – 21, rue du Montparnasse – 75298 Paris Cedex 06

31/3647/0